RALF STRACKBEIN

Tristan Irle – Die Killer-OP

In dieser Reihe bereits erschienen:

Tristan Irle und der Rubensmord; Tristan Irle - Eine Leiche auf der HTS; Tristan Irle - Mord Pur; Tristan Irle - Die Abseitsfalle; Tristan Irle - Das sexte Gebot; Tristan Irle und das Rathauskomplott; Tristan Irle - Der Braumeister; Tristan Irle - Gegen den Strich; Tristan Irle - Tödliche Doktorspiele; Tristan Irle - Siegener Maskerade; Tristan Irle - Eisenhart; Tristan Irle - Die Fürstenjagd; Tristan Irle - Lokalzeit; Tristan Irle - Baum fällt!; Tristan Irle - Die zitternden Tenöre; Tristan Irle - Der Killersteig; Tristan Irle - Locht ein!; Tristan Irle hat Lampenfieber; Tristan Irle und der Grabräuber; Tristan Irle - Wo ist Marlowe?; Tristan Irle - Der Bienenstich; Tristan Irle serviert kalte Platte; Tristan Irle - Die letzte Filmklappe; Tristan Irle trifft den Wisent; Tristan Irle - Sturmwind; Tristan Irle - Der Missionsbefehl; Tristan Irle - Der Luther-Anschlag

Außerdem erschienen:
Der Billy-Code, Mord im schwedischen Möbelhaus
Wolkenmord, 12.000 Meter über Afrika
Das Aschebuch
Die ägyptische Totenbarke

Hörbücher:
Tristan Irle serviert kalte Platte
Tristan Irle - Die letzte Filmklappe

Der Autor:

Ralf Strackbein studierte Literaturwissenschaft, Politikwissenschaft und Angewandte Sprachenwissenschaft. Er beendete sein Studium erfolgreich als Master of Arts (Magister Artium). Er schrieb während des Studiums als Freier Mitarbeiter Reportagen und Filmkritiken für eine große Tageszeitung. Gegen Ende des Studiums veröffentlichte er seinen ersten Kriminalroman „Tristan Irle und der Rubensmord". Die Romanreihe umfasst mittlerweile 28 Tristan-Irle-Krimis. 2012 wird er als „Sprachvorbild" vom Verein Deutscher Sprache ausgezeichnet. Der Autor lebt in Siegen.

Ralf Strackbein

Tristan Irle

Die Killer-OP

Siegerland-Krimi

Magolves-Verlag
Siegen

www.magolves.com

Deutsche Erstveröffentlichung
1. Auflage
Oktober 2018
Magolves-Verlag, Siegen

Umschlag: Michaela Herbst und Ralf Strackbein
Satz und Buchherstellung:
Vorländer GmbH & Co. KG, Siegen

ISBN: 978-3-935378-43-7

Das Buch wurde auf chlorfrei gebleichtem Papier gedruckt.

Alle beschriebenen Charaktere sind erfunden. Jede Ähnlichkeit mit realen Tatbeständen, lebenden oder juristischen Personen, Örtlichkeiten, Körperschaften, Unternehmen, Gesellschaften oder Organisationen, natürlichen und übernatürlichen Hierarchien, ist rein zufällig.

Kreis Siegen-Wittgenstein

Übersichtskarte

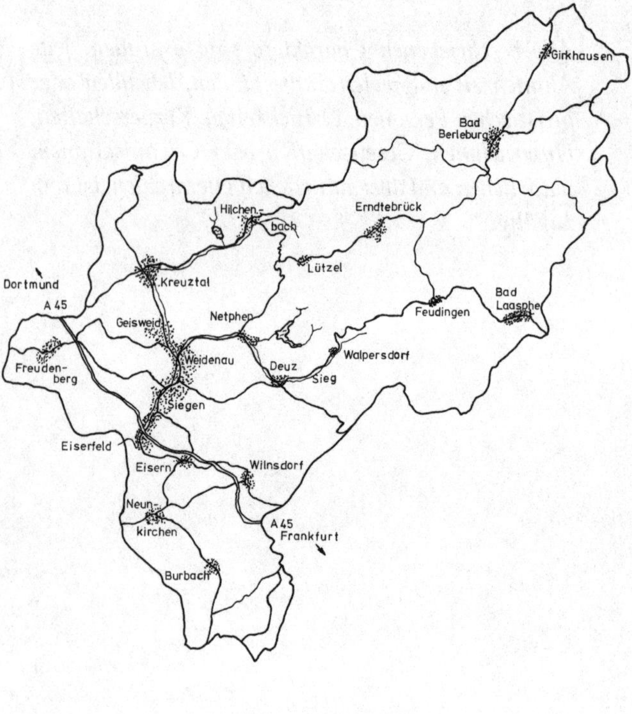

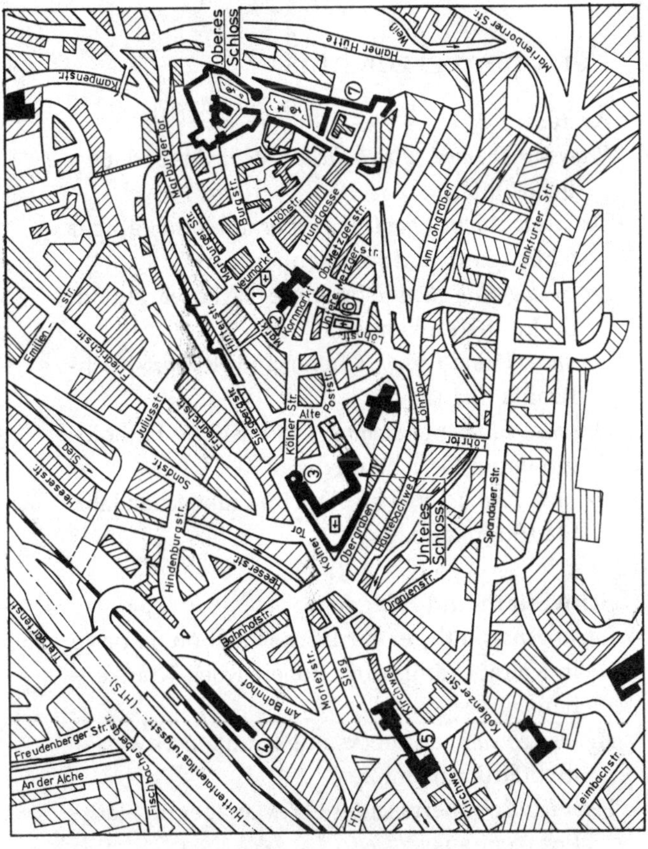

1 Nikolaikirche

2 Rathaus I und Marktplatz

3 Dicker Turm mit Glockenspiel

4 Hauptbahnhof

5 Landgericht

6 Marienkirche und Tristans Zuhause

7 Schlosspark

Personenverzeichnis:

Ärzte:

Professor Dr. med. Ulrich Fleckenstein, das bedauerliche Opfer,

Dr. med. Adam Olenberg, Oberarzt und fähiger Chirurg im Stadtkrankenhaus,

Dr. med. Adina Henkel, brillante Narkoseärztin im St.-Josef-Krankenhaus,

Dr. med. Franz Frisch, Chefarzt im Robert-Koch-Krankenhaus,

Dr. med. Liliane Lindenberg, forensische Pathologin in der Gerichtsmedizin,

Dr. med. Eric Ackermann, Arzt im Praktischen Jahr, Stadtkrankenhaus,

Schwestern und Pfleger:

Edgar Arens, Pfleger für Intensivstation, Experte in Keimbekämpfung, Robert-Koch-Krankenhaus,

Agnes Lehwald, aufmerksame Krankenschwester im Stadtkrankenhaus,

Peter Müller, überraschter OP-Manager im Stadtkrankenhaus,

Universität:

Professor Dr. phil. Lawrence Landau, Rektor an der Universität Siegen mit Ambitionen,

Tyrion Habeland, Kanzler der Universität Siegen mit kreativer Buchführung,

Klinikleitung:

Zachariah Trapp, St.-Josef-Krankenhaus
Karl Kötting, Robert-Koch-Krankenhaus,
Henriette Brenner, Stadtkrankenhaus,

Staatsmacht:

Friedrich Büdenbender, Oberstaatsanwalt mit extremem Modegeschmack,
Wilhelm Flender, Polizeidirektor im Kreisgebiet,
Norbert Pfeiffer, Hauptkommissar und Chef der Mordkommission,
Werner Holzbaum, ebenfalls neuerdings Hauptkommissar,
Arne Affolderbach, Jungkommissar in der Ausbildung,

Freunde:

Tristan Irle, Privatdetektiv mit scharfsinnigem Verstand,
Helga Bottenberg, Pensionsbesitzerin und Tristans Freundin,
Erich Roth, Diakon der Marienkirche und Tristans Freund,
Sara Köhler, Tristans Nichte zu Besuch in Siegen, und
Marlowe, sprechender Kakadu mit Chaospotenzial.

1. Das Dröhnen des Hubschraubers …

Mittwochmorgen

Das Dröhnen des Hubschraubers auf dem Dach des Stadtkrankenhauses war vier Stockwerke tiefer nicht zu hören. Einzig das hektische Treiben der Pfleger und Schwestern, die im Laufschritt mit einem Krankenbett zum Fahrstuhl eilten, deutete darauf hin, dass ein Notfall mit dem Rettungshubschrauber eingetroffen war.

Dr. med. Adam Olenberg, Chirurg und Oberarzt am Stadtkrankenhaus in Siegen, betrachtete das Geschehen mit der Ruhe eines Mannes, der gelernt hatte, perfekt auch unter Druck zu funktionieren. Olenberg nahm das Geschehen um sich herum nur noch durch einen Schleier wahr. In Gedanken wägte er die ersten Schnitte ab, die die bevorstehende Hüft-OP von ihm verlangte. Er versuchte nicht daran zu denken, dass er seinen Chef, Prof. Dr. med. Ulrich Fleckenstein, auf dem OP-Tisch liegen hatte. Das Prozedere der Hüft-OP kannte er in- und auswendig. Sorgen bereitete ihm jedoch der Umstand, dass er nicht mit seinem Team arbeiten würde. Seit die Universität Siegen eine medizinische Fakultät eingerichtet hatte, achteten Klinikleiter und -leiterin peinlich genau darauf, dass bei schlagzeilenträchtigen Nachrichten jedes der drei Krankenhäuser im Kreisgebiet vertreten war. Und so profan die eigentliche OP auch sein mochte, der Patient war es nicht.

Professor Dr. med. Ulrich Fleckenstein war einer der angesehensten Forscher im Bereich der *Lebenswissenschaften*. Man könnte auch sagen, dass er diese Wissenschaft allein gegründet hatte. Denn vor ihm war noch keiner auf die Idee gekommen, einen Oberbegriff zu wählen, der so schwammig wie eine Qualle war. Normalerweise wäre dieser Begriff akademisch betrachtet ein Unding gewesen, doch der Professor hatte es geschafft, ihn hoffähig zu machen. Ließ sich doch hinter *der Fakultät der Lebenswissenschaften* alles zusammenfassen, was irgendwie mit dem *„Leben"* zusammenhing.

Oberarzt Olenberg schmunzelte, weil er sich daran erinnerte, wie sein Chef als „verrückter Professor" bezeichnet wurde. Die Kritiker verstummten, als der „verrückte Professor" mit dem Rektor der Universität Siegen einen medizinischen Studiengang aus dem Boden stampfte, der mit 6,5 Millionen Euro jährlich von der Landesregierung gefördert wurde. Das Fördergeld dröhnte wie ein Kanonenschlag durch das Siegtal und weckte die Klinikleiter der heimischen Krankenhäuser. Sie gierten nach einem Teil der Millionen, was dazu führte, dass die *Dreifaltigkeit der Kliniken*, das waren das St.-Josef-, das Robert-Koch- und das Stadtkrankenhaus, als Ausbildungsstätten beteiligt wurden.

Diesem Umstand verdankte Olenberg nun, dass sein Kern-Team aus der anerkannten Anästhesistin Dr. Adina Henkel vom St.-Josef-Krankenhaus und dem in Fachkreisen hochgeschätzten Fachkrankenpfleger Edgar Arens für Intensivpflege aus dem Robert-Koch-Krankenhaus stammte. Als zweiter verantwortlicher Chirurg war Chefarzt Franz Frisch aus dem Robert-Koch-Krankenhaus noch hinzugezogen worden. Der Rest des OP-Teams bestand aus zwei Krankenschwestern und dem Assistenzarzt, die Professor Fleckenstein selbst ausgesucht hatte. Somit war gewährleistet, dass wenigstens vier OP-Teammitglieder wussten, wo man das Ersatzbesteck fand, sollte es benötigt werden. Dem Professor war daran gelegen, jedem klar zu machen, dass er seine Position als Ärztlicher Direktor und Dekan des neuen Studienganges nicht missbrauchte. Sein Entgegenkommen, bei der eigenen Operation Krankenhauspersonal aus anderen Kliniken im OP zu beteiligen, nahm den Kritikern den Wind aus den Segeln. Natürlich hatte er die betreffenden Personen gründlich überprüft und ihnen persönlich auf den Zahn gefühlt. Olenberg hatte bei dieser „Prüfung" Protokoll geführt und wusste, dass er sich auf die Ausgewählten verlassen konnte.

»Noch fünf Minuten, dann bringen die Schwestern ihn runter«, rief Edgar Arens, der Fachpfleger für Intensivpflege, durch den Gang. Der schlanke und hochgewachsene Pfleger lächelte mit einem breiten Grinsen, während er langsam ein Desinfektionsmittel über seine Hände verteilte.

»Na, aufgeregt?« fragte Dr. med. Adina Henkel, die Narkoseärztin.

Sie stand im Waschraum, der sich gleich neben dem OP befand und betrachtete Edgar. Die zierliche Ärztin blickte aus braunen Augen zu dem großen Pfleger auf. Ein schelmisches Lächeln zierte ihre vollen Lippen. »Wir werden den berühmten Fleckenstein aufschneiden. Was würden wohl seine Studenten dafür geben? Er soll ja nicht gerade der angenehmste Zeitgenosse sein.«

»Konzentration!« mahnte Oberarzt Olenberg. »Wir wollen es doch nicht versauen!«

»Oh, eine Sauerei wird es geben«, scherzte die Narkoseärztin.

»Das will ich nicht hoffen«, bemerkte Edgar. »Dr. Olenberg ist doch für seine minimalinvasive Hüft-OP bekannt. Es wird wenig bluten.« Der Pfleger sah zum Chirurgen.

Olenberg nickte, während er begann, seine Hände zu desinfizieren.

»Wir werden nur so viel Fleisch aufschneiden wie nötig«, antwortete er entschieden.

2

Es war imposant, wie der Innenarchitekt die ehemalige Justizvollzugsanstalt Siegen am Unteren Schloss in die neue Universitätsbibliothek umgebaut hatte. Dort, wo einst Mörder, Diebe und Vergewaltiger in schäbigen, kleinen, engen

Zellen hausten, öffneten sich nun die Räume. Statt modriger Abgeschiedenheit luden die Räumlichkeiten der ehemaligen Fürsten zu Nassau-Siegen dazu ein, Ideen für die Zukunft zu entwickeln. Meterlange Bücherregale, wie zum Appell aufgereiht, warteten darauf, abgeschritten zu werden. Von der tristen Atmosphäre eines Knasts war nichts mehr zu spüren. Die winzigen, vergitterten Fenster waren herausgebrochen und durch großzügige Panoramascheiben ersetzt worden. Die nachtaktive Klientel der ehemaligen JVA hätte die reichlich einfallenden Sonnenstrahlen gehasst. Für die Benutzer der Bibliothek stellte sich das Tageslicht als Segen heraus. Das natürliche Licht entlastete die Augen beim Lesen und, nicht zu vergessen, dank weniger Lampen benötigte man auch weniger Strom. Was die Stromrechnung senkte. Für Letzteres bedankte sich der Kanzler der Universität Siegen still und leise.

Tyrion Haberland, der Kanzler, zupfte sich die Krawatte zurecht und sah neugierig zum Rednerpult. Jedenfalls versuchte er diesen Eindruck zu vermitteln. Wer den Kanzler besser kannte, wusste von seiner Angewohnheit, immer dann an seiner Krawatte zu spielen, wenn er sich langweilte.

Zusammen mit fünfzig geladenen Gästen saß Tyrion Haberland in der umgestalteten ehemaligen Turnhalle des Gefängnisses und hörte Oberstaatsanwalt Friedrich Büdenbender zu, wie er die beunruhigende Entwicklung des Drogenhandels im Kreisgebiet Siegen-Wittenstein beschrieb.

Neben dem Kanzler saß Prof. Dr. phil. Lawrence Landau, der Rektor der Universität Siegen. Sein impertinenter Modegeschmack sorgte hinter vorgehaltener Hand für Getuschel und für so manchen Leserbrief in den heimischen Tageszeitungen. Rektor Landau waren diese plebejischen Reaktionen schnurzegal. In seiner Welt diente das niedere Volk nur zu einem Zweck: Es war verpflichtet, Steuern zu zahlen, damit sein üppiges Beamtengehalt das Konto füllte, und das Volk war angehalten, für Nachwuchs zu sorgen, damit die frisch gebauten Seminarräume von Studierenden gefüllt wurden.

Professor Lawrence Landau kannte weder Furcht noch Zaudern und ganz bestimmt schüchterten ihn keine Leute ein, die womöglich mit ihren Händen arbeiteten, um ihre Familien zu ernähren. Er verachtete Menschen, die einem geregelten Lebensrhythmus folgten und deren einziger Ehrgeiz darin bestand, zweimal im Jahr in Urlaub zu fahren. In Rektor Landaus Körper brannte stattdessen eine Flamme, die seinen Ehrgeiz anheizte, um sich das größte Denkmal in der Universitätsgeschichte Siegens zu bauen. Dabei spielte es keine Rolle, dass die Hürden, die diese Universitätsgeschichte aufstellte, nun, sagen wir mal, äußerst überschaubar waren. Siegens Uni-Geschichte wies keine Hunderte von Jahren auf. Akademische Lichtgestalten schauten eher zum

Mittagessen vorbei, als dass sie ein Seminar geben würden. Das alles erleichterte es Professor Lawrence Landau, an sein Ziel zu gelangen. Er durfte sich von Zweifeln nicht ausbremsen lassen. Sein spezieller Kleidungsgeschmack hinderte ihn genauso wenig, dem ersehnten Denkmal entgegenzuarbeiten wie der Umstand, dass er seit Jahren nichts Nennenswertes mehr publiziert hatte.

Er besaß ein Talent, das in einer modernen, akademischen Welt genauso wichtig war wie überzeugende Forschungsergebnisse: Er konnte netzwerken. Man wusste nicht, wie er das anstellte, aber ob im Ministerium oder im Industrieverband, er kannte immer den richtigen Ansprechpartner - und das half. So gelang ihm das Unmögliche. Er installierte an der ehemaligen Gesamthochschule Siegen einen neuen Medizinstudiengang. Damit goss er sich sozusagen den Sockel für sein begehrtes Denkmal.

Mit einem breiten Grinsen blickte der Rektor nun auf den Redner, der in seinen extravaganten Budapestern, dem maßgeschneiderten Brioni-Anzug und der mit Cremchen behandelten Gesichtshaut wie ein Showstar aussah.

Soll doch der Oberstaatsanwalt seinen Auftritt haben, dachte Landau.

Die Veranstaltung in der Bibliothek der ehemaligen Justizvollzugsanstalt war der erste Schritt hin zu einem weiteren neuen Studiengang an der Universität Siegen: dem Jurastudium.

Würde Professor Lawrence Landau das gelingen, dann wäre ihm die Statue sicher.

Weiter hinten in den Reihen der Zuhörer saß Privatdetektiv Tristan Irle. Der Detektiv trug über einem blau-weiß gestreiften Hemd eine Strickjacke aus Merinowolle. Die Farbe der Jacke war auf den Farbton seiner Hose abgestimmt. Die Kombination wirkte elegant und leger. Lederhalbschuhe rundeten das Outfit ab. Tristan Irle hörte dem Oberstaatsanwalt nur flüchtig zu. Er kannte Büdenbender lange genug, um seine Ansichten über Drogendealer auswendig wiedergeben zu können. Tristans Interesse richtete sich auf Hauptkommissar Norbert Pfeiffer, der am Rande saß und mit seinem Handy spielte. Neben dem Hauptkommissar thronte Polizeidirektor Wilhelm Flender auf einem Stuhl. Der kräftige Mann mit Schulterblättern, die einen Bären einschüchtern konnten, starrte geradeaus auf den Redner, während sich seine Mundwinkel wie Furchen durch die Haut über die Kiefer zogen. Der Detektiv interpretierte Flenders Gesichtsausdruck als Reaktion auf Pfeiffers Handyspiel. Der Polizeidirektor schien das Treiben seines Hauptkommissars gar nicht zu schätzen.

3

An ein Spiel auf dem Handy war für Dr. Adam Olenberg gar nicht zu denken. Der Chirurg betrat in voller Chirurgenmontur den Vorraum des OP-Saals.

»Guten Morgen, Professor«, grüßte er seinen Patienten, der von Narkoseärztin Adina Henkel betreut wurde.

»Morgen, Olenberg«, murrte Ulrich Fleckenstein, dem man bereits auf seinem Zimmer die „Wohlfühlpille" verabreicht hatte. »Es ist das linke *Articulatio coxae*[1]!«

»Ich weiß, Boss«, nickte der Chirurg.

»Passen Sie auf, dass Sie mir nicht den *Femur*[2] und das *Pelvis*[3] zertrümmern!« knurrte Fleckenstein lallend.

»Wird gemacht«, nickte Olenberg und gab der Narkoseärztin ein Zeichen.

Dr. Adina Henkel nahm ein kleines Fläschchen von einer Ablage und zog mit einer Spritze Flüssigkeit aus dem Inneren.

»Träumen Sie schön«, lächelte Olenberg aufmunternd.

»Hä, Sie wissen doch …«, Fleckenstein schloss langsam die Augen.

Narkoseärztin Adina Henkel hatte das Sedativum in den vorbereiteten intravenösen Zugang auf dem Handrücken des Professors verabreicht.

»Also dann los!« rief Olenberg und machte sich bereit.

---

[1] Hüftgelenk
[2] Oberschenkelknochen
[3] Becken

Pfleger Edgar Arens und Schwester Agnes Lehwald rollten den Patienten in den OP-Saal. Dort zogen sie den narkotisierten Ärztlichen Direktor auf den OP-Tisch. Agnes schob anschließend das Rollenbett zurück in den Vorraum, während Edgar die benötigten Instrumente zurechtlegte.

Dr. Adina Henkel setzte einen Tubus und schloss das Beatmungsgerät an.

Neben Adina verfolgte Dr. med. Franz Frisch das Geschehen. Frisch war Chefarzt für Chirurgie am St.-Josef-Krankenhaus und assistierte Olenberg auf Bitten von Fleckenstein.

Eric Ackermann, Arzt im Praktischen Jahr, kurz PJler, stand Olenberg gegenüber. Es war Erics erste Hüft-OP und dementsprechend aufgeregt war er. Doch der bei dem weiblichen Geschlecht gut ankommende Jungarzt war viel zu stolz, um sich dieser Gefühlsregung hinzugeben. Mit der Überheblichkeit eines Mannes, dem bis jetzt alles im Leben gelungen war, blickte er über den OP-Tisch in Olenbergs Augen.

»Bin bereit«, sagte Eric entschlossen.

»Gut, dann fangen wir an«, antwortete Olenberg. »Skalpell!«

Eine Hüft-OP gehörte im Jahr 2016 zu den sechs häufigsten Operationen in Deutschland. Man kann dabei durchaus von Routineeingriffen sprechen. Mit der minimalinvasiven Chirurgie hat sich das Risiko der Patienten minimiert. Durch die Schlüssellochchirurgie, bei der mit kleinen Schnitten unter Zuhilfenahme einer Videokamera die Operation durchgeführt wird, entsteht weniger Wundschmerz, die Genesungszeit verkürzt sich und dadurch gibt es eine raschere Erholung nach dem Eingriff.

Es ist hier anzumerken, dass Professor Dr. med. Ulrich Fleckenstein zu den Pionieren dieser Operationsmethode zählte und deshalb von seinem Oberarzt und ehemaligen Schüler nichts anderes erwartete, als dass diese Methode auch angewandt wurde.

Der narkotisierte Professor wurde in eine stabile Seitenlage gebracht, sodass Olenberg problemlos an das Hüftgelenk herankam.

Olenberg setzte den ersten Schnitt. Mit Routine legte er die benötigte Öffnung frei, ohne unnötige Muskeln zu verletzen oder anderes Gewebe. Intensivpfleger Edgar Arens assistierte ihm, während PJler Eric Ackermann aufmerksam zusah. Gastarzt Frisch verfolgte kritisch, was sein Kollege zum Besten gab, hielt sich jedoch mit Kommentaren zurück. Zum Schluss reichte Edgar dem Oberarzt einen Wundspreizer, der den Zugang zum Hüftgelenk offen hielt.

»Die Säge bitte«, sagte Olenberg und blickte zu Eric.

»Wollen Sie?« fragte er Ackermann.

Der selbstbewusste Jungarzt griff zu der Knochensäge, grinste und meinte: »Das überlasse ich besser Ihnen.«

»Gute Antwort«, nickte Olenberg. »So weit sind Sie noch nicht.«

Das Grinsen verschwand aus Ackermanns Gesicht, schweigend reichte er die Säge seinem Chef.

Knochensägen sind heute auch nicht mehr das, was sie einmal waren. Als man noch mit gegossenen Bleikugeln auf den Feind schoss, gehörte eine Knochensäge zum Standardinstrument des Wundarztes. Sie ähnelten den Holzsägen eines Tischlers. Die Sägen, die Chirurgen heute benutzen, haben in ihrem Äußeren sowie in ihrer Handhabung nichts mehr mit einer üblichen Säge gemein. Heute benutzt man oszillierende Sägen, bei denen sich das Sägeblatt nur wenige Millimeter hin und her bewegt und das bis achtzehntausend Mal pro Minute. Das Sägeblatt gleicht einem Spachtel, an dessen Ende man Zähne eingefräst hatte. Der Chirurg muss nicht einmal mehr mit seiner Hand eine Sägebewegung vollziehen. Er benutzt die Säge, als sei sie eine Bohrmaschine.

»Angeschlossen?« fragte Olenberg und drückte den Schalter.

Die mit Luftdruck betriebene Säge schnurrte in einem hohen Ton los.

»Gut«, nickte Olenberg, kontrollierte den Sitz des Sägeblatts und fragte dann: »Wie geht es dem Prof.?«

Narkoseärztin Adina Henkel überprüfte die Vitalwerte des Patienten und antwortete: »Alles in Ordnung.«

Olenberg nickte und setzte die Säge im oberen Bereich des Hüftknochens an.

Pfleger Edgar Arens nahm einen Sauger in die Hand und machte sich bereit.

4

Der Vortrag endete mit einem anerkennenden Applaus. Rektor Lawrence Landau stand auf und trat an das Mikrofon.

»Was für ein inspirierender Vortrag, Herr Büdenbender«, rief der Professor in den Saal.

Staatsanwalt Büdenbender verneigte sich, während seine Augen zu glänzen begannen. Der Applaus ließ nach und die Gäste sahen zum Rednerpult.

Landau bog sich das Mikrofon zurecht. Ein feines Lächeln legte sich auf sein wettergegerbtes Gesicht, dann sprach er: »Seit einiger Zeit haben wir eine fünfte Fakultät. Die *Fakultät der Lebenswissenschaft* der Universität Siegen dient dazu, die Mediziner von morgen heute bei uns an der Universität auszubilden. Mit dieser Veranstaltung in der Bibliothek der Wirtschaftswissenschaften starten wir die Kampagne, eine sechste Fakultät an der Universität Siegen zu etablieren, die „Juristische Fakultät".«

»Bravo! Bravo!« Eine einzelne laute Stimme hallte durch die Bibliothek. Sie gehörte dem Bürgermeister der Stadt Siegen. Begeistert klatschte er in die Hände.

»Ach, ja, der Bürgermeister«, sagte Landau. »Soviel mir bekannt ist, sind Sie selbst Jurist.

Dann können wir mit Ihrer Unterstützung rechnen.«

»Aber sicher!« antwortete das Stadtoberhaupt mit Inbrunst.

»Damit habe ich fest gerechnet«, antwortete Landau mit einem feinen Lächeln. Dann wandte er sich wieder dem Publikum zu. »Danke, dass Sie gekommen sind. Wir haben einen kleinen Umtrunk vorbereitet. Bitte nutzen Sie die Gelegenheit und tauschen Sie sich untereinander aus. Es ist mir ein großes Anliegen, möglichst viele Fürsprecher und Unterstützer für die neue Fakultät zu gewinnen.«

Der Rektor verließ das Rednerpult, was die Gäste zum Anlass nahmen, von ihren Plätzen aufzustehen.

»Was legt der für ein Tempo vor«, sagte eine Frauenstimme neben Tristan.

Der Privatdetektiv drehte sich zu der Frau hin.

»Oh, entschuldigen Sie, ich habe gerade mit mir selbst gesprochen.« Sie reichte Tristan die Hand und stellte sich vor: »Henriette Brenner.«

»Irle, Tristan Irle«, erwiderte der Privatdetektiv, rückte seine Halbbrille zurecht, die an einer Schnur um seinen Hals hing und fragte: »Sind Sie an dem neuen Jurastudium interessiert?«

»Oh nein!« Ihre beiden Hände flogen explosionsartig nach oben. »Ich habe mit der Juristerei nichts, aber wirklich rein gar nichts zu tun. Sind Sie daran interessiert?«

Tristan zog die Augenbrauen nach oben. »Nein, nicht direkt. Ich bin Privatdetektiv und wurde von Oberstaatsanwalt Büdenbender eingeladen.«

»Privatdetektiv«, wiederholte Henriette Brenner und Tristan konnte an ihrem Gesichtsausdruck ablesen, dass sie versuchte, einen flüchtigen Gedanken einzufangen. Als sich ihre Augen weit öffneten, wusste Tristan, dass ihr das Einfangen gelungen war.

»Sie sind DER IRLE?« fragte sie mit einem Tonfall, der in seiner Höhe nur von Frauen und Kastraten erreicht werden kann.

Tristan nickte und lächelte.

»Ich habe die Reportagen von Lena Hartmann zum Luther-Anschlag verfolgt«, japste sie und ihre Hände klatschten vor ihrer Brust zusammen. »Wie aufregend! Kommen Sie, Sie müssen mir mehr von Ihrer Arbeit erzählen.«

Sie hakte sich bei ihm unter und zog ihn mit sich.

Henriette Brenner war eine hochgewachsene, vollschlanke Frau Ende vierzig und überragte den Detektiv um einen Kopf. Sie trug Business-Kleidung, die aus einem dunkelblauen Blazer, einer weißen Bluse und einem passenden Rock sowie flachen Schuhen bestand. Einzig ihre Bob-Frisur und die rot-blond gefärbten Haare ließen Tristan vermuten, dass die Frau trotz des kindlichen ersten Auftritts eine durchsetzungsfähige Seite besaß.

»Was ist Ihr Beruf?« fragte der Detektiv, während sie ihn zu einem Bistrotisch führte.

»Ich leite das Stadtkrankenhaus«, antwortete sie, als sei dies nichts Besonderes. »Wir beteiligen uns an dem neuen Medizinstudiengang, den Lawrence und mein Ärztlicher Direktor so famos nach Siegen geholt haben. Aber das scheint ihm ja nicht zu genügen. Jetzt will er auch noch die Juristerei in die Krönchenstadt holen.«

»Sie scheinen das nicht zu befürworten«, bemerkte Tristan freundlich.

Henriette hakte sich aus und winkte einer jungen Frau, die als Bedienung mit einem Tablett voller Sektgläser zwischen den Gästen hin und her ging.

»Ach was«, schnaufte sie. »Ich habe nichts dagegen, dass ein weiterer Studiengang nach Siegen kommt.«

Die junge Bedienung trat an ihren Tisch und Henriette griff nach dem ersten Glas Sekt, das sie erreichen konnte.

»Möchten Sie ebenfalls ein Glas Sekt?« fragte sie den Detektiv.

»Danke, nein«, lehnte Tristan ab. »Vormittags keinen Alkohol.«

»Ich habe auch Orangensaft«, bot die junge Frau an.

»Danke, den würde ich trinken«, nickte Tristan.

Die Bedienung stellte das Tablett auf den Tisch und reichte Tristan das Glas mit Orangensaft.

»Hallo, Henriette«, grüßte Rektor Professor Landau die Klinikleiterin freundlich. »Hat dir der Vortrag gefallen?«

»Er war interessant«, antwortete sie diplomatisch.

Der Rektor musterte Tristan. Der Detektiv fiel durch den Verzicht eines Sakkos zugunsten seiner geliebten Strickjacke unter den männlichen Gästen genauso auf wie Professor Landau in seinen Siebziger-Jahre-Campus-Klamotten. Allerdings gab es für den Rektor einen kleinen aber bedeutenden Unterschied: Er war der Gastgeber und hatte das Recht, sich so zu kleiden, wie es ihm in den Sinn kam. Das gleiche Recht galt nicht automatisch für alle. Ganz sicher aber nicht für solche Gäste, die nicht einmal dem akademischen Personal angehörten.

Landau mochte den Detektiv nicht und er strengte sich nicht an, es zu verbergen.

5

Die Knochensäge gab einen leisen aber energischen Ton von sich. Der Wundspreizer hielt Muskel und Gewebe auseinander, sodass das weiße Knochenbein des Femurs zwischen dem blutroten Fleisch hervorstach.

Olenberg setzte an und das Sägeblatt fräste sich in den Knochen. Edgar saugte die entstehenden Knochensplitter aus der Wunde. Assistenzarzt Eric Ackermann verfolgte das Tun des Oberarztes, während Adina Henkel die Vitalwerte des Patienten kontrollierte. Schwester Agnes Lehwald stand neben Olenberg, jederzeit bereit, ihm den Schweiß von der Stirn zu tupfen. Dr. Frisch schien sich zu langweilen.

Die Knochensäge fraß sich immer tiefer in den Oberschenkelknochen. Plötzlich zerbrach das Sägeblatt und ein Stück zerfetzte den Oberschenkel des Professors. Das Metallstück schoss an Erics Kopf vorbei in eine Scheibe, die in tausend Teile zerbrach.

»Ach du …«, stieß der Arzt im Praktischen Jahr aus.

Olenberg glotzte einen Augenblick auf das zerbrochene Ende der Säge, dann spritzte ihm Blut entgegen.

»Agnes«, sagte er ruhig und reichte der Schwester die Säge.

Chefarzt Franz Frisch schob Eric beiseite.

Edgar hielt eine Klemmzange und ein Skalpell in der Hand. Olenberg setzte den Wundspreizer neu. Das abgebrochene Sägeblatt hatte den Rand der Wundöffnung zerfetzt, sodass der Spreizer keinen Halt mehr hatte. Frisch assistierte, bis die Wunde schließlich vom Spreizer offen gehalten wurde. Dann nahm Olenberg die Klemmzange von Edgar entgegen. Damit versuchte er die Blutung zu stillen, doch das abgerissene Sägeblatt hatte den Muskel, Arterien und Venen mit einem groben Schnitt verletzt.

»Die Oberschenkelaorta ist zertrennt«, diagnostizierte der Oberarzt.

»Puls fällt stark«, rief Adina. »Er verliert zu viel Blut.«

Olenberg nickte und bemühte sich, das Verbluten seines Patienten zu verhindern.

Edgar und Agnes legten einen weiteren Infusionsbeutel an. Jeder tat sein Bestes, um den Ärztlichen Direktor am Leben zu halten, doch letztlich waren alle Bemühungen vergebens. Zehn Minuten nach dem schrecklichen Unfall kollabierte Professor Ulrich Fleckensteins Kreislauf und er verstarb.

»So eine Scheiße!« fluchte Olenberg und legte das OP-Besteck aus den Händen.

»Was ist hier gerade passiert?« fragte Frisch mit aufgerissenen Augen. Er blickte fassungslos auf den blutüberströmten OP-Tisch.

Adina Henkel sah bleich auf die Leiche, mit zitternden Fingern schaltete sie den Monitor und das Beatmungsgerät aus.

»Wir müssen die Klinikleitung informieren«, sagte Olenberg erschöpft.

»Wie konnte das passieren?« warf Edgar in den Raum, während er die Knochensäge in die Hand nahm und ungläubig auf das gebrochene Sägeblatt starrte. »Das sollte doch völlig ausgeschlossen sein!«

»Lassen Sie alles so liegen, wie es ist«, befahl Olenberg, dem allmählich klar wurde, dass es hier eine Untersuchung geben würde. »Frau Lehwald, rufen Sie Frau Brenner an und informieren Sie die Polizei.«

Normalerweise hätte man jetzt den Ärztlichen Direktor hinzugerufen sowie den Chefarzt der Chirurgie. Doch die Person, die beide Funktionen innehatte, lag tot vor ihnen. Adam Olenberg sollte nach der OP zum Chefarzt befördert werden.

Die blutige Katastrophe auf dem OP-Tisch stellte diese Beförderung jetzt infrage.

6

Hauptkommissar Norbert Pfeiffer wippte ungeduldig auf seinen Füßen. Die letzten zwei Stunden hatten sich in seine Gemütsverfassung gegraben wie beim Tagebau ein Schaufelbagger in Kohlenflöze. Allerdings stand kein Förderband zur Verfügung, das den abgetragenen Gemütsunrat abtransportierte. Der Unrat drückte deshalb schwer auf Pfeiffers Laune. Der einzige Grund, warum der Hauptkommissar noch nicht das Weite gesucht hatte, stand wie eine Festungsmauer neben ihm. Polizeidirektor Wilhelm Flender schien die Veranstaltung zu gefallen. Er lächelte, als würde er für eine Zahnpastawerbung bezahlt.

»Musste das eben sein?« brummte der Direktor neben ihm.

»Sie meinen was genau?« erwiderte der Hauptkommissar und erblickte Tristan Irle, der gerade von Henriette abgeschleppt wurde. »Sehen Sie mal da rüber.« Ein breites Grinsen in Pfeiffers Gesicht reichte aus, dass Flender den Kopf drehte.

»Ach du meine Güte«, brummte der Polizeidirektor. »Was ist das denn?«

»Irle wird abgeschleppt«, erwiderte Pfeiffer und unterdrückte ein hämisches Lachen. »Das ist er ja gewöhnt, so oft wie sein Oldtimer abgeschleppt wird.«

»Der Borgward hat noch keinen Abschleppwagen gesehen«, antwortete Flender ernst, der mit Tristan schon über zwanzig Jahre bekannt war. »Kennen Sie die Frau?«

»Nein«, schüttelte Pfeiffer den Kopf. »Ist das denn wichtig?«

»Na ja, Professor Landau kennt die Dame anscheinend. Lassen Sie uns rübergehen.«

Pfeiffer wollte etwas einwenden, doch sein Chef war nicht mehr aufzuhalten. Missmutig folgte er dem Polizeidirektor.

Tristan sah die beiden Polizisten kommen und wappnete sich, da er einen dummen Spruch vom Hauptkommissar erwartete.

Doch der blieb aus, als die beiden Polizisten an den Bistrotisch traten.

»Guten Tag, Tristan«, grüßte der Polizeidirektor.

»Hallo, Wilhelm«, nickte der Detektiv.

»Und mit wem haben wir hier das Vergnügen, gnädige Frau?« Flenders Aufmerksamkeit galt einzig Henriette. »Polizeidirektor Wilhelm Flender, zu Ihrer Verfügung.«

»Nein, wie charmant«, kicherte Henriette und antwortete: »Henriette Brenner, das Vergnügen ist ganz auf meiner Seite.«

Das fand Rektor Landau nicht gut. Seine Gesichtszüge entgleisten. Doch bevor der Professor einen sarkastischen Satz aussprechen konnte, summte es leise in Henriettes Handtasche.

»Oh, entschuldigen Sie, da muss ich rangehen«, lächelte sie und stellte das Sektglas ab.

Die Herren begannen unterdessen, sich gegenseitig zu taxieren. Sie bemerkten viel zu spät, dass Henriette ihre Gesichtsfarbe verlor und zu schwanken begann.

»Was ist los?« fragte Rektor Landau in einem besorgten Tonfall.

»Fleckenstein ist tot!« stöhnte die Klinikleiterin. »Ich muss sofort ins Krankenhaus.«

»Wie, was, ich verstehe nicht?!« Es ist immer wieder erschreckend komisch, wie komödienhaft gebildete Herren das Offensichtliche nicht begreifen.

»Lawrence, Professor Ulrich Fleckenstein ist tot!« wiederholte Henriette ruhig, während sie dem Rektor sanft auf den Brustkorb klopfte. Sie hatte sich wieder gefasst.

»Ich muss jetzt los«, sagte sie erneut und ließ die Männer stehen.

»Wer ist Professor Ulrich Fleckenstein?« fragte Tristan freundlich.

»Äh, was?« zischte Landau, der Henriette sichtlich beunruhigt nachsah.

»Fleckenstein?« Tristan sprach den Namen laut und betont aus.

»Ach, finden Sie es selbst heraus!« fauchte der Rektor und erblickte Kanzler Tyrion Haberland. »Sie sind doch Detektiv! Tyrion, wir müssen reden!«

Mit schnellen Schritten eilte der Rektor auf einen überrascht dreinblickenden Kanzler zu.

»Interessanter Typ, dieser Professor Landau«, sagte Pfeiffer. Dann klingelte das Handy des Hauptkommissars fast gleichzeitig mit dem des Polizeidirektors.

Und als hätte ein Choreograf das inszeniert, beschallte zusätzlich ein verstörender Alarmton die Bibliothek. Dieser Alarmton, den man auf U-Booten hört, wenn es abtaucht, stammte vom Handy des Oberstaatsanwalts. Büdenbender griff schnell in die Innentasche seines Jacketts, doch die Aufmerksamkeit war ihm sicher. Peinlich berührt fauchte er ins Telefon: »Was ist?«

Alle drei Beamten wurden von ihren Mitarbeitern oder Kollegen über den Notfall im OP des Stadtkrankenhauses informiert und zum Unfallort gebeten.

7

Jungkommissar Arne Affolderbach hatte in seinem jungen Leben noch nie so viel Blut gesehen. Der metallene OP-Tisch, auf dem die Leiche des Professors lag, war zwar mit einem Tuch abgedeckt, doch an den Rändern klebten Reste des heruntergelaufenen Blutes. Auf dem Boden unter dem OP-Tisch hatten sich blutrote Pfützen gebildet.

»Das sieht schrecklich aus«, sagte Affolderbach und unterdrückte einen Würgereiz.

»Der reinste Schlachthof«, murmelte Werner Holzbaum. Der schwergewichtige Hauptkommissar stand mit seinem Kollegen am Rand des OP-Saals. Die Spurensicherung arbeitete rund um den OP-Tisch und sicherte Beweise.

»Wann kommt der Chef?« fragte Affolderbach.

»Pfeiffer ist auf dem Weg«, antwortete Holzbaum, der erst seit einigen Monaten zum Hauptkommissar befördert worden war. Sein freundliches Bulldoggengesicht blickte besorgt in den Raum.

»Wie kann ein Sägeblatt aus Stahl brechen? Ich meine, die werden doch getestet!« Affolderbach schüttelte den Kopf beim Anblick des zerbrochenen Blattes. Das Reststück des Sägeblattes steckte in der Schranktür hinter dem zerbrochenen Fenster.

»Das wird die Spurensicherung schon herausbekommen. Wir sollten uns jetzt mit dem OP-Team unterhalten«, antwortete Holzbaum.

Das OP-Team hatte sich umgezogen und wartete in einem Büro nahe des OP-Saals. Die beiden Polizisten grüßten die Männer und Frauen freundlich.

»Wir haben Fragen«, begann Holzbaum und wurde unterbrochen.

Henriette Brenner stürmte in das Büro.

»Hier spricht keiner mit der Polizei ohne einen Anwalt!« Den Befehl hätte die letzte Reihe eines marschierenden Regimentes gehört.

»Wir haben nichts zu verbergen«, empörte sich Adam Olenberg. »Es war ein Unfall.«

»Dem kann ich nur zustimmen«, mischte sich Franz Frisch ein.

»Doktoren, danke für Ihren Einwand, aber bedenken Sie die exponierte Situation, in der sich das Krankenhaus und seine Mitarbeiter jetzt befinden. Ein Fehler, und wir alle kommen in Teufels Küche. Der Tod unseres geschätzten Professors Fleckenstein ist tragisch, aber er sollte nicht auch noch sein Vermächtnis beschädigen, indem wir jetzt einen Fehler begehen.«

Sie blickte entschlossen in die Augen der Beteiligten.

»Wir warten, bis der Anwalt anwesend ist«, nickte Olenberg.

»Wenn Sie nichts zu verbergen haben«, bemerkte Holzbaum laut, »dann verstehe ich nicht, dass Sie unsere Ermittlungen blockieren wollen.«

»Und wer sind Sie?« Henriette musterte den schwergewichtigen Beamten.

»Hauptkommissar Holzbaum«, erwiderte er bissig. »Und mit wem haben wir das Vergnügen?«

»Henriette Brenner, Klinikleitung«, antwortete sie kurz angebunden. »Ich bitte Sie, meinen Leuten eine kurze Pause zu gönnen, schließlich haben wir gerade einen geschätzten Freund verloren.«

In diesem Moment wurde es laut auf dem Flur und wenige Sekunden später platzten Staatsanwalt Büdenbender, Polizeidirektor Flender,

Hauptkommissar Pfeiffer sowie der Klinikanwalt in das zu klein werdende Büro herein.

Die Stimmung war bereits angespannt und schlug nun in Aggressivität um. Das passierte, wenn zu viele Alphatiere in einem begrenzten Raum zusammentrafen. Es führte unweigerlich zu Reibereien. Henriette spürte die explosive Mischung.

»Meine Herren, ich schlage vor, wir verlassen jetzt erst mal diesen Raum«, rief sie laut.

»Ein guter Vorschlag«, nickte Büdenbender.

Henriette führte die Gruppe in einen neu gebauten Hörsaal. Die Klinikleiterin war stolz darauf, dass ihr Krankenhaus den ersten Hörsaal für den neuen Medizinstudiengang anbieten konnte. Die frische Farbe konnte man noch riechen. Die terrassenförmigen Sitzreihen aus Birkenholz bogen sich im Halbkreis um ein Podium, das Henriette nun betrat.

»Bitte, setzen Sie sich in die erste Reihe«, sagte sie entschieden.

Die Angestellten sowie die Beamten folgten der Aufforderung. Dann bat die Klinikleiterin Adam Olenberg auf das Podium.

»Sagen Sie jetzt nichts«, warnte der Anwalt, doch Henriette wischte den Einwand mit einer Handbewegung weg.

»Berichten Sie, was geschehen ist«, befahl sie dem Chirurgen.

Olenberg, der sicher war, keinen Fehler begangen zu haben, nickte und schilderte den OP-

Ablauf. Danach bat Henriette jeden der Beteiligten nach und nach auf das Podium, sodass die Beamten von jedem eine Aussage bekamen.

»Woher wissen wir, dass Sie sich nicht abgesprochen haben«, brummte Hauptkommissar Pfeiffer. »Ihr Ärzte haltet doch alle zusammen!«

»Sie müssen uns schon glauben«, antwortete der Chirurg, »Wir sind keine Lügner.«

»Dem stimme ich zu«, nickte Chefarzt Franz Frisch. »Wenn das jetzt alles wäre! Ich werde in meinem Krankenhaus gebraucht.«

Der Chefarzt aus dem St.-Josef-Krankenhaus wurde entlassen.

»Also, dann würde ich sagen, dass Sie jetzt nach Hause fahren und die Tragödie verarbeiten«. Henriette sah ihr Personal ruhig an.

Hinter ihr wurde eine Tür geöffnet und Henriettes Sekretärin eilte auf die Klinikleiterin zu.

Die junge Frau flüsterte ihrer Chefin etwas ins Ohr, dabei gestikulierte sie mit ihren Händen.

»Da stimmt was nicht«, brummte Holzbaum.

Pfeiffer, der neben seinem Partner saß, nickte und befahl: »Affolderbach, folgen Sie der Sekretärin, wenn sie das Podium verlässt.«

Der Jungkommissar nickte und stand hastig auf. Die Sekretärin eilte mit gesenktem Kopf auf die Hörsaaltür zu.

Niemand beachtete die beiden, denn Henriette blickte mit ernstem Gesichtsausdruck auf Schwester Agnes Lehwald.

»Das war Frau Becker, meine Sekretärin«, begann Henriette nachdenklich. »Sie hat mir gerade mitgeteilt, dass es zu einer schwerwiegenden Verwechslung gekommen ist.«

»Wie?! Was soll verwechselt worden sein?« Adam Olenberg blickte erschrocken zu seiner Chefin.

»Man hat statt Plasmaersatzmittel einen Plasmaexpander eingesetzt.«

»Was bedeutet das?« rief Pfeiffer laut in den Hörsaal.

»Beide Flüssigkeiten werden eingesetzt, wenn man bei einem hohen Blutverlust das Kreislaufsystem stabilisieren will.«

»Das ist doch gut«, erwiderte Pfeiffer und bemerkte, wie Olenberg geschockt auf den Boden starrte. »Wo ist der Haken?«

»Plasmaexpander müssen der Situation genau angepasst werden«, erklärte Edgar Arens, der Intensivpfleger, »die Infusionsflüssigkeit hat nämlich eine gefährliche Nebenwirkung: Wenn sie falsch dosiert ist, verdünnt sie das Blut. Es gerinnt nicht mehr.«

»Der Patient verblutet auf dem OP-Tisch«, sagte Büdenbender laut. »Das ist fahrlässige Tötung!«

»Ja«, nickte Olenberg und wandte sich an Henriette. »Ist erwiesen, dass ...«

»... der falsche Plasmabeutel hängt noch am Ständer«, antwortete die Klinikleiterin betroffen.

2. Der Sturm zog von ...

Mittwochnachmittag

Der Sturm zog von Westen herauf. Tristan beobachtete die tief hängenden Wolken mit Sorge. Seit es spürbar mehr Energie durch den Klimawandel in der Atmosphäre gab, entwickelten sich auch im beschaulichen Siegerland Stürme mit beachtlicher Zerstörungskraft.

Die Böen fielen über die Bergkämme in grüne Täler und rissen die mit Schiefer bedeckten Dächer auf. Dort, wo sie nicht gegen Fachwerkhäuser prallten, brachen die Luftmassen wie Bulldozer in Wälder ein, sodass die Stämme unter ihrer Wucht zu knarren begannen. In den engen Gassen der Altstadt wirbelte der heraufziehende Herbststurm bereits abgerissene Äste und Blätter über das Pflaster. Eine alte Zeitung flog an Tristan vorbei, als sei sie ein Papierflugzeug.

Der Detektiv schritt hastig die Alte Poststraße entlang, die vom ehemaligen Postamt, das heute das Museum für Gegenwartskunst beherbergt, bis zur Löhrstraße führte. In den letzten zwanzig Jahren hatte sich eine Wandlung in der Einkaufsstraße vollzogen. Einzig die Bronzestatuen der Hirtengruppe von Wolfgang Kreutter standen sicher an ihrem Platz, wie sie einst der Künstler arrangiert hatte. Das beruhigte den Detektiv, war es doch ein Stück Heimat, das blieb.

Tristan trotzte dem Wind und zog seine Strickjacke am Kragen zusammen. Die Böen rissen an seinen Hosenbeinen, bis er die Löhrstraße überquert hatte und durch die schmale Gasse der Unteren Metzgerstraße vorbei an der Marienkirche in einen windgeschützten Hof gelangte. Das barocke Kirchenschiff des Gotteshauses stemmte sich gegen die Winde aus Westen wie einst Arminius gegen die Römer. In dem kleinen Hof hinter der Marienkirche waren die kräftigen Windböen plötzlich nicht mehr zu spüren. Die Äste der gepflanzten Bäume neben dem Seiteneingang der Kirche bewegten sich kaum. Der Windschatten der Kirche schützte noch vor den zerstörerischen Westwinden.

Der Detektiv eilte bergab über einen gepflasterten Hof auf ein altes Fachwerkhaus zu. Mehrere dieser Fachwerkhäuser schmiegten sich den Berg hinunter aneinander. Sie rahmten den Hof gegenüber der Marienkirche ein. Ein gut gepflegtes Borgward Cabriolet parkte neben dem Seiteneingang der Kirche. Ihm direkt gegenüber stand ein Fiat Panda vor dem Eingang eines Hauses. Eine kleine Treppe führte zu einer aus Eichenbrettern bestehenden Tür. Das Fachwerkhaus gehörte Tristans Familie bereits in der fünften Generation. Der Detektiv hatte es vor Jahren selbst renoviert. Er kannte jeden Nagel und jede knarrende Diele. Bei so einem alten Gebäude gab es immer etwas zu reparieren, was Tristan als Herausforderung annahm.

Der Detektiv schritt die Treppe hinauf. Wie immer war die Haustür nicht abgeschlossen. Er drückte die gusseiserne Türklinke hinunter und trat ein.

»Helga! Ich bin zurück«, rief er laut und zog sich die Strickjacke aus.

Er stand in einem kleinen Flur, der mit Dielen ausgelegt war. Rechts an der Wand befand sich die Garderobe. Dort hängte er die Jacke auf. Geradeaus ging es ins Wohnzimmer. Gleich neben der Wohnzimmertür führte eine Holztreppe hinauf in den ersten Stock. Tristan ging ins Wohnzimmer und wurde von einem weißen Kakadu begrüßt, der auf ihn zuflog.

»Hallo, Marlowe«, grüßte der Detektiv und hielt dem Kakadu den rechten Arm hin.

Marlowe landete auf dem Arm und krächzte: »Das Volk begrüßt ihn mit Tüchern und bald schreibt man von ihm in Büchern.«

Tristan grinste und antwortete: »Ich habe dich auch vermisst.«

Der australische Kakadu gehörte seit vielen Jahren zu Tristans Begleitern. Er war das Geschenk seines verstorbenen Pfarrers. Was sich der Gottesmann dabei gedacht hatte, blieb Tristan ein Rätsel. Marlowe, wie der weiße Vogel nach einem literarischen Vorbild genannt wurde, war intelligent und neugierig. Irgendwann hatte Tristan ihm Zitate deutscher Dichter vorgelesen, die der schlaue Kakadu auswendig lernte und nun in allen möglichen wie unmöglichen Situationen zum Besten gab.

Ein freundliches Frauengesicht schaute aus der Küche ins Wohnzimmer.

Helga Bottenberg, Tristans Freundin, führte auf der Ginsberger Heide eine Pension mit einem Restaurant. Ihre dunkelbraunen Haare hatte sie keck nach oben gesteckt. Die Mittvierzigerin dachte nicht daran, irgendeinem Modediktat zu folgen, das sowieso nur Jugend und magersüchtige Beinwunder propagierte. Die kleinen Fältchen um ihre Augen trug sie mit Stolz. Sie führte ein anstrengendes aber erfüllendes Berufsleben und auch privat lief es super. Sie liebte ihren Detektiv, auch wenn der Mann sie mit manchen seiner Angewohnheiten in einen Fusionsreaktor verwandelte. Nur gut, dass Helga sich ihre Unabhängigkeit bewahrte und Abstand nehmen konnte.

»Wie war der Vortrag?« fragte Helga. Eine Strähne ihres störrischen Haares fiel ihr ins Gesicht, das sie mit einer weichen Handbewegung zurückstrich.

»Büdenbender hat sich selbst übertroffen«, antwortete Tristan und setzte Marlowe auf eine Kletterstange, die im Wohnzimmer neben dem Eingang zur Küche stand. Dann ging er in die Küche. Er gab seiner Freundin liebevoll einen Begrüßungskuss und ließ sich auf einer Eckbank nieder, die unter einer Reihe von Sprossenfenstern stand.

»Wenn es nach ihm ginge, würde jeder Jugendliche, der sich vormittags auf der Bahnhofstraße aufhält, in Gewahrsam genommen.«

»Was sagte Polizeidirektor Flender dazu?« Helga hatte mehrere Töpfe auf dem Herd stehen.

Vorsichtig rührte sie mit einem Kochlöffel in einem der Töpfe.

»Er hat sich erstaunlicherweise zurückgehalten«, antwortete Tristan und wurde neugierig. »Was kochst du da?«

Sie legte den Kochlöffel aus der Hand und antwortete: »Ich mache Gelee.«

Tristan nickte und folgte nicht seinem inneren Impuls zu fragen, was das für ein Gelee werden würde. Allerdings fiel ihm bei genauer Betrachtung der Arbeitsplatte ein Korb mit Johannisbeeren auf.

»Wird sicherlich eine besonders gute Marmelade«, sagte Tristan.

»Keine Marmelade, Gelee«, verbesserte Helga.

Tristan wollte auf den Unterschied zwischen Marmelade und Gelee zu sprechen kommen, als es heftig gegen die Eichenhaustür klopfte.

»Erwartest du noch jemanden?« fragte Helga.

»Nein«, antwortete er.

»Wollte Erich noch vorbeischauen?« fragte sie.

»Wir waren nicht verabredet«, erwiderte Tristan und stand auf.

Er durchquerte das Wohnzimmer unter den prüfenden Knopfaugen Marlowes.

»Bleib sitzen!« befahl Tristan.

Marlowe sträubte seinen Kamm und begann den Oberkörper hin und her zu bewegen.

Der Detektiv schritt zur Haustür und öffnete sie. Eine zierliche junge Frau stand vor ihm, eingehüllt in einen dicken Mantel.

»Guten Tag«, grüßte er freundlich.

»Sind Sie Tristan Irle?« fragte die Frau. Ihre Stimme klang weich und wurde fast vollständig von den Windgeräuschen übertönt. Der Sturm hatte an Intensität zugenommen. Sie sprach viel zu leise.

»Ja, der bin ich«, nickte er. »Wie kann ich helfen?«

»Ich bin Agnes Lehwald, Krankenschwester«, antwortete sie. »Ich brauche Ihre Hilfe.«

Tristan verstand nur Hilfe. Er nickte und bat sie einzutreten.

Agnes folgte der Einladung und wirkte erleichtert. Tristan schloss die Haustür.

»Bitte, folgen Sie mir«, sagte er freundlich und deutete auf die Garderobe. »Ihren Mantel können Sie hier ablegen.«

Agnes schlüpfte aus dem Mantel, hängte ihn hastig an einen Haken und betrat das Wohnzimmer.

Auf den Besucher wirkte Tristans Wohnzimmer auf zweierlei Arten.

Erstens: Der Gast betrat den Raum und sah einen Haufen Bücher, die das Wohnzimmer zu verschlingen drohten. Die freiliegenden Deckenbalken ließen den Raum niedriger wirken als er war. Das schwarze Maul eines kalten Kamins, dessen Sims die halbe Außenwand umfasste, schien der direkte Eingang zur Unterwelt zu sein. Diesen Eindruck vertrieb auch nicht das warme Tageslicht, das spärlich durch die vielen Sprossenfenster in den Raum tröpfelte. Die Möbel wirkten spartanisch, und an diesem Bild konnten zwei Ohrensessel aus Leder, die gegenüber dem Kamin wachten, auch nichts mehr ändern.

Besucher, die so empfanden, mochte der Detektiv nicht und er hätte sich niemals von ihnen engagieren lassen.

Die zweite Art, wie Gäste das Wohnzimmer wahrnahmen, gefiel Tristan besser.

Sie sahen in den vielen Büchern eine Bibliothek, die sich in einem großen Regal entlang der Wohnzimmerwand ausbreitete. Der Kamin versprach in kalten Nächten eine wohlige Wärme abzugeben. Und das spartanische Mobiliar stellte sich als viktorianisches Sofa und Beistelltisch heraus. Auf der Fensterbank standen nautische Messgeräte aus Messing. Ein Fernrohr, in dessen poliertem Messing die spärlichen Sonnenstrahlen des Nachmittags reflektiert wurden, stand neben dem Kamin bereit, um damit den Sternenhimmel ansehen zu können. Der Raum glich einem Studierzimmer, wie es ein Forscher aus dem 19. Jahrhundert geliebt hätte.

Für Gäste, die der Raum mit dieser Empfindung inspirierte, tat Tristan sein Bestes. Und so wie Agnes die Augen aufriss und ein feines Lächeln ihr bis dato verhärmtes Gesicht erstrahlen ließ, wusste er, dass Agnes Lehwald vom Zauber des Wohnzimmers ergriffen wurde.

»Was kann ich für Sie tun?« fragte er neugierig.

»Ich brauche Hilfe.« Ihre Stimme zitterte, doch als mehr und mehr Worte ihren Mund verließen, festigte sich ihr Tonfall. Aus der scheuen Frau wurde eine Kämpferin, die jetzt wütend sprach: »Sie sagen, ich hätte einen Fehler gemacht. Ich wäre schuld am Tod Fleckensteins. Bin ich aber nicht! Ich habe nichts falsch gemacht! Da will mir jemand etwas unterschieben.«

»Frau Lehwald, beruhigen Sie sich. Und erzählen Sie von Beginn an«, mahnte Tristan freundlich.

Agnes hielt inne, atmete tief ein und begann ruhig zu berichten.

»Ich bin Krankenschwester im Stadtkrankenhaus, dort ist heute eine wichtige Persönlichkeit, Professor Fleckenstein, verstorben. Ich soll an dem Tod schuld sein, weil ich angeblich ein falsches Blutplasma benutzt haben soll! Dabei sollten die wohl besser das gebrochene Sägeblatt untersuchen!«

»Langsam bitte«, Tristan sah Agnes nachdenklich an. »Wer ist dieser Professor Fleckenstein und wie ist er verstorben?«

»Professor Fleckenstein ist der Ärztliche Direktor des Stadtkrankenhauses. Er starb heute bei einer Hüft-OP. Ein Sägeblatt ist zerbrochen.«

Tristan sah die Krankenschwester verdattert an. »Sägeblatt?!« stöhnte er verdutzt.

Agnes nickte und erklärte: »Es handelt sich um ein Sägeblatt für eine Knochensäge. Aber jetzt dürfen Sie nicht an eine normale Säge denken. Es ist eine moderne Knochensäge, die wie eine Bohrmaschine aussieht, aber statt eines Bohrers hat sie ein oszillierendes Sägeblatt. Damit wird der Oberschenkelknochen getrennt, um Platz für das Hüftgelenk zu schaffen.«

»Okay, ich denke, ich sollte einen Kaffee aufsetzen und dann berichten Sie von Anfang an, was bei der Operation vorgefallen ist.«

»Der Kaffee ist schon fertig«, rief Helga aus der Küche. »Die Kanne steht hier.«

Tristan stellte seine Freundin vor und bat Agnes im Wohnzimmer, an dem Esstisch Platz zu nehmen, der gleich neben der Kletterstange von Marlowe stand. Sie entdeckte den Kakadu, der aufgeregt auf seiner Stange hin und her wippte.

»Der ist aber süß«, lächelte sie und wollte Marlowe die Brust streicheln.

»Oh, das würde ich …«, rief der Detektiv, doch Agnes kraulte den Kakadu bereits und Marlowe ließ es sich gefallen.

»Das ist außergewöhnlich«, murmelte Tristan. »Anfassen lässt er sich nämlich nicht gerne. Das endet meist mit einem blutigen Finger.«

»Nicht schön ist dies Gebaren / Und wenig ehrenwert / Von einem, der seit Jahren / Mit Menschen verkehrt«, brabbelte der Kakadu, was Agnes erschreckt die Hand zurückziehen ließ.

»Er spricht!« rief sie überrascht.

»Und das schon sein ganzes Leben«, bemerkte Helga satirisch. »Trinken Sie Ihren Kaffee schwarz?«

»Bitte mit Zucker«, antwortete Agnes, die erneut Marlowe an der Brust kraulte, was er sich wieder gefallen ließ.

»Dann berichten Sie jetzt nochmals, aber bitte langsam und hintereinander«, bat Tristan die Krankenschwester und nahm einen Notizblock von einem Sekretär, der gleich neben der Tür zur Küche stand.

Agnes berichtete von den Operationsvorbereitungen. Sie erwähnte die Zusammensetzung des Teams und den außergewöhnlichen Grund dafür. Dann beschrieb sie die Hüft-Operation und schob ein, dass man zwei unterschiedliche Blutplasmen verwende, die je nach Fall eingesetzt wurden. Sie sollte das falsche Plasma verabreicht haben, war sich aber ganz sicher, den richtigen Beutel angeschlossen zu haben. Anschließend ging sie genauer auf das ein, was nach dem Zerbersten des Sägeblattes geschah. Mit einem lauten Seufzer beendete sie ihre Darstellung der verunglückten Operation.

»Wie oft brechen solche Knochensägeblätter?« fragte Tristan.

»Gar nicht«, antwortete Agnes. »Ich habe noch von keinem Fall gehört.«

»Dann vermuten Sie, dass das Sägeblatt manipuliert wurde?« hakte der Detektiv nach.

»Ich weiß nicht, was ich davon halten soll«, stöhnte Agnes. »Es ist passiert! Genauso wie die Sache mit dem falschen Plasmabeutel, der plötzloich an dem Ständer hing.«

»Erklären Sie mir nochmals, was Ihnen genau vorgeworfen wird?« Tristan schwirrten die Informationen wirr durch den Kopf.

»Es gibt kolloidale Infusionslösungen, diese Präparate setzt man ein, um eine Stabilisierung des Volumens oder eine Zunahme des Volumens in den Blutgefäßen zu bewirken. Vereinfacht ausgedrückt, sie stabilisieren den Kreislauf. Durch den hohen Blutverlust mussten wir ge-nau dieses Präparat einsetzen. Doch stattdessen wurde ein Plasmaexpander infundiert. Das führte zu einer verminderten Gerinnungsfähigkeit des Blutes. Es war bei den zahlreichen Verletzungen so unmöglich, das Verbluten zu verhindern.«

»Wenn man diesen Plasmaexpander nicht infundiert hätte, würde dann der Professor noch leben?« Tristan sah Agnes eindringlich an.

»Ich bin kein Arzt, aber bei der Schweinerei, die das zerbrochene Sägeblatt an dem Oberschenkel des Professors angerichtet hat, würde ich behaupten, dass wir nie rechtzeitig so viele Infusionslösungen hätten verabreichen können, um den Blutkreislauf zu stabilisieren.«

»Dann sucht man einen Sündenbock?« fragte Tristan.

»Ja, und ich soll dieser Sündenbock sein«, nickte Agnes. »Dabei versucht man nur, diesen Unfall oder die Sabotage zu verschleiern.«

»Wieso denken Sie das?« mischte sich Helga ein. »Hatte dieser Fleckenstein Feinde?«

»Wissen Sie, jeder, den Sie fragen, wird Ihnen sagen, dass der Professor ein bemerkenswerter Mensch gewesen sei. Denken werden sie aber, dass es den Richtigen erwischt hat. Fleckenstein konnte ein wirkliches Arschloch sein.«

»War er denn so unbeliebt, dass man ihn ermorden würde?« Tristan nahm seine Halbbrille ab und begann sie mit einem Tuch zu putzen.

»Das kann ich nicht mit Gewissheit sagen. Er war aber die treibende Kraft hinter dem neuen Medizinstudiengang der Universität. Außerdem lief ein beträchtlicher Teil der Fördermittel über seinen Schreibtisch. Er bestimmte, wie viel Geld an die Krankenhäuser ging. Ich weiß, dass nicht jeder der Klinikleiter damit zufrieden war, was er an Zuschüssen für sein Krankenhaus bekam.«

»Dann könnte man Ihnen den falschen Beutel mit diesem Plasma untergeschoben haben?« Tristan setzte die Halbbrille wieder auf.

»Ja, man braucht nur den Aufkleber zu vertauschen«, antwortete Agnes. »Aber ein manipuliertes Sägeblatt in den Operationssaal zu schmuggeln ist weitaus schwieriger.«

Dann erklärte sie, dass ein OP-Manager alle Operationen vorbereitet. Er ist dafür zuständig, dass alle Mittel sowie der Operationssaal für den entsprechenden Termin bereitstehen.

»Allerdings hat die Hüft-OP nicht unser OP-Manager geplant«, sagte Agnes nachdenklich. »Das war Edgar Arens. Ein Intensivpfleger aus dem Robert-Koch-Krankenhaus.«

2

Tristan Irle hatte einen neuen Fall. Er war bereit, für Agnes Lehwald Beweise zu finden, die die Vorwürfe gegen die Krankenschwester widerlegten. Es war ungeheuerlich, sollte es sich um eine Sabotage handeln. Tristan vermutete eher, dass man aus Kostengründen das Wohl des Patienten aufs Spiel setzte, was natürlich von allen verantwortlichen Seiten sofort dementiert würde. Aber der Detektiv hatte eine klare Vorstellung vom deutschen Gesundheitswesen, und in diesem schob sich seit Jahren etwas in den Mittelpunkt, das von keinem Verantwortlichen genannt wurde: Nämlich, dass der Mammon längst das Handeln im Gesundheitswesen bestimmte.

»Ich kann Ihnen leider nicht weiterhelfen«, sagte Agnes betrübt und sie schien in sich zusammenzufallen. »Man hat mich suspendiert.«

»Das tut mir leid«, antwortete Tristan. »Dann werde ich mich zuerst einmal mit Frau Brenner unterhalten.« Der Detektiv grinste kampfeslustig die Krankenschwester an. »Das Vergnügen, die gute Frau kennenzulernen, hatte ich bereits.«

»Passen Sie auf bei der«, zischte Agnes. »Die hat ein Janusgesicht. Sie lächelt sie vorne an und hinter Ihrem Rücken plant sie Ihren Untergang.«

»Danke für die Warnung«, antwortete Tristan und führte Agnes zur Haustür. »Ich werde den Dingen auf den Grund gehen.«

Agnes nickte und umarmte ihn spontan. »Danke«, sagte sie und ging.

»Was willst du jetzt unternehmen?« fragte Helga, als Tristan nachdenklich ins Wohnzimmer trat.

»Ich denke, ich werde wie angesprochen Frau Brenner im Krankenhaus besuchen«, antwortete Tristan und ein schelmisches Lächeln schmückte sein Gesicht. Doch plötzlich verdunkelte sich der Blick und er fragte: »Bleibst du bei Marlowe?«

Marlowe, das Haustier, benahm sich, wie sich Kakadus benahmen, wenn sie ungestört durch die australische Wildnis flatterten: Sie waren neugierig und mit ihren Schnäbeln äußerst zerstörerisch. Ihn für mehr als eine Stunde allein in der Wohnung zu lassen barg immer das Risiko, anschließend renovieren zu müssen.

»Also, ich wollte eigentlich gleich zur Pension fahren«, antwortete Helga. »Du solltest Erich fragen.«

Erich Roth, Diakon der Marienkirche, war Tristans ältester Freund und er wohnte gleich nebenan. Dieser Umstand wäre jedoch nicht nennenswert, wenn Erich nicht als Diakon das große Kirchenschiff der Marienkirche als überdachten Luftraum für Marlowe hätte anbieten können. Ein unschätzbarer Vorteil – gerade jetzt, wo die ersten Herbststürme über das Siegerland fegten.

Tristan blickte seiner Freundin in die Augen und er spürte, dass für Helga die Frage eindeutig beantwortet war.

»Okay, dann frage ich Erich«, nickte der Detektiv, nahm Marlowe auf den Arm und gab Helga einen Abschiedskuss. Der Kakadu kletterte auf Tristans Schulter, während sich der Detektiv die dicke Strickjacke von der Garderobe nahm.

Durch den Hof hinter der Marienkirche jagte ein kalter Wind. Tristan blickte zu den hohen Kirchenfenstern und sah, dass Licht in der Kirche brannte. Er eilte auf den Nebeneingang zu, der von zwei Bäumen flankiert wurde. Als er den breiten Türflügel öffnete, bogen sich die Baumkronen bedrohlich zur Seite. Eine heftige Böe fegte über den Hof und schlug dem Detektiv die Tür fast aus der Hand. Im letzten Moment rettete er sich und Marlowe ins Innere des Gotteshauses.

Ein leises Fauchen war alles, was man von dem aufziehenden Sturm in der Kirche hörte. Ein anderes Geräusch übertönte die Naturgewalt. Eine weiche Baritonstimme schwebte durch das Kirchenschiff. Sie gehörte zu einem Zwei-Meter-Mann, der einen Choral vor sich hin sang, während er die liegengelassenen Liederbücher einsammelte.

Erich Roth, der Diakon der Marienkirche, trug grundsätzlich nur schwarze Kleidung, was seine Erscheinung noch beeindruckender machte. Er hätte jederzeit als Modell für eine antike Athletenstatue posieren können. Als sein langjähriger Freund ihn entdeckte, verstummte der Diakon.

»Hallo, Erich, war das gerade ein Luther-Lied?« Tristan konnte sich die Bemerkung nicht verkneifen. Das vergangene Luther-Jahr hatte den Diakon in eine brenzlige Lage versetzt, als er sich mit Kollegen beider Konfessionen zu einem Gedankenaustausch getroffen hatte.

»Bitte, diese Anspielung ist doch deiner nicht würdig«, antwortete Erich mit einem Lächeln, das so unschuldig rein wirkte, dass manch ein Schauspieler für diese Fähigkeit töten würde. »Was kann ich für dich tun?«

Tristan gab Marlowe einen Schubs, der flog davon und steuerte die Brüstung vor der Orgel an.

»Ah, ich kann's mir denken, du brauchst einen Kakadusitter«, nickte Erich und verdrehte die Augen.

»Dein Verstand hat es messerscharf erkannt«, antwortete Tristan und berichtete seinem Freund, welchen neuen Fall er gerade angenommen hatte.

»Professor Fleckenstein ist tot«, staunte der Diakon. »Das wird für meine Gemeindemitglieder ein Schock sein. Der Hälfte hat der Mann eine neue Hüfte eingesetzt.«

Marlowe nahm unterdessen die Brüstung in Beschlag und krächzte: »Ach, er starb an einer Gräte, / die im Hals beim Atmen störte, / und die ja, genau genommen, / da auch gar nicht hingehörte.«

»Wenn er die Orgel beschädigt, zahlst du dafür«, warnte der Diakon.

»Ich bin versichert«, nickte Tristan und zog sich die dicke Strickjacke über, die er über dem Arm gehalten hatte. »Dann kann er hierbleiben?«

Erich nickte und blickte besorgt zur Orgel.

3

Der Motor des alten Borgward startete problemlos. Er legte den Rückwärtsgang ein und sah durch die kleine Rückscheibe des Stoffverdecks, während er auf den Hof rollte. Der Detektiv lenkte den Wagen durch die Löhrstraße über das Marburger Tor den Kampen hinunter auf die Hagener Straße. Der folgte er, bis aus der Hagener Straße die Weidenauer Straße wurde. Schließlich ragte das Stadtkrankenhaus mit seiner weißen Fassade wie eine Festung auf der linken Seite auf.

Tristan bog ab und hoffte, einen Platz im Parkhaus zu finden. Ein leidlicher Umstand bei Krankenhäusern in der Innenstadt ist, dass es immer zu wenig Parkplätze gibt. Zwei der Siegener Krankenhäuser litten darunter und gaben dieses Leiden an die Besucher weiter. Nur das Robert-Koch-Krankenhaus thronte auf einer Anhöhe außerhalb der Stadt und konnte so in den letzten Jahren immer neue Parkplätze schaffen.

Der Detektiv fand schließlich einen Platz und überlegte sich auf dem Weg zu Henriette Brenners Büro, wie er vorgehen wollte. Schließlich, so hoffte er, schien die Klinikleiterin seine Arbeit zu bewundern, was ihm die Arbeit erleichtern könnte. Allerdings war es eine Sache, einen Fall als Außenstehender zu verfolgen und eine ganz andere, wenn man plötzlich in die Ermittlungen involviert war. Er würde sich auf seinen siebten Sinn verlassen müssen, der hatte ihn noch nie im

Stich gelassen. Mit der Entschlossenheit eines Mannes, der eine Mission zu erfüllen hatte, betrat er den Eingangsbereich des Stadtkrankenhauses und sah sich nach einem Wegweiser um.

Das tat ein alter Bekannter des Detektivs ebenfalls. Hauptkommissar Pfeiffer schielte verärgert durch seine Nickelbrille, während seine rechte Hand ein Schild berührte. Pfeiffers Partner Werner Holzbaum und in dessen Schlepptau der Jungkommissar Arne Affolderbach standen mitten im Foyer des Krankenhauses und versuchten sich zu orientieren.

»*Gon Dach*«, grüßte der Detektiv auf Siegerländer Platt.

Pfeiffer zuckte sichtbar zusammen, drehte sich langsam nach der Stimme um und sagte: »Was für eine Überraschung! Herr Irle!«

»Hallo, Herr Pfeiffer«, erwiderte er und nickte Pfeiffers Kollegen zu. »Ich nehme an, Sie suchen das Büro der Klinikleiterin?«

»Sie nehmen richtig an«, antwortete Pfeiffer. Dann verengten sich seine Augen und er blinzelte den Detektiv durch seine Nickelbrille prüfend an. »Kann es sein, dass Sie auf demselben Weg sind?«

»Das ist korrekt«, lächelte Tristan amüsiert.

»Ich bin etwas verwirrt«, sagte der Hauptkommissar.

»Sind wir das nicht alle einmal«, antwortete Tristan.

»Äh, nicht so verwirrt«, konterte Pfeiffer. »Was wollen Sie bei Frau Brenner?«

»Oh, das kläre ich mit der Klinikleiterin persönlich«, erwiderte Tristan. »Ich denke, es geht da entlang.«

Pfeiffer, Holzbaum und Affolderbach hefteten sich an Tristans Fersen und so standen die vier Herren schließlich vor dem Vorzimmer der Klinikleiterin.

Henriette Brenner wurde von dem Besuch der Polizei und des Detektivs überrascht. Sie hatte genug zu tun, die Auswirkungen der fehlgeschlagenen Operation unter Kontrolle zu halten. Sie empfing die vier gleichzeitig, was Pfeiffer gar nicht gefiel. Schließlich gehörte ein Privatdetektiv nicht in die Reihen ehrenwerter Polizeibeamter.

»Meine Herren«, sagte sie in einem Ton, der Armeen in die Schlacht führen konnte, »Sie kommen sicherlich, um sich der Sache im OP anzunehmen. Allerdings passen Sie, Herr Irle, da nicht ganz ins Bild.«

»Ich vertrete Frau Agnes Lehwald«, antwortete Tristan.

»Oh, ja, verstehe«, nickte sie. »Also, was kann ich für Sie tun?«

Pfeiffer blickte zu Irle und murmelte: »Agnes Lehwald?!«

»Die Krankenschwester, die das falsche Plasma verabreicht hat«, erklärte Henriette.

»Angeblich!« korrigierte Tristan.

»Meinetwegen«, zischte sie. »Also, was wollen Sie?«

»Mich interessiert das zerbrochene Sägeblatt«, antwortete Tristan.

»Das interessiert uns auch!« warf Pfeiffer ein. »Irle, warum interessiert es Sie?«

»Ich habe die Vermutung, dass die OP heute früh sabotiert worden ist«, antwortete Tristan ruhig.

»Was? Wie kommen Sie denn auf eine solch schaurige Idee?« empörte sich Henriette. Ihr Ton nahm augenblicklich an Schärfe zu.

»Deutsche Gründlichkeit«, antwortete Tristan trocken. »DIN-Normen – TÜV und amtliche Verordnungen. Glauben Sie im Ernst, dass ein medizinisches Instrument in Deutschland benutzt werden darf, wenn es, wie im Fall des Sägeblattes, brechen könnte? Ist das überhaupt einmal vorgekommen?«

»Okay, ich verstehe.« Henriette schüttelte heftig ihren Kopf. »Dann sprechen Sie mit dem OP-Manager, der wird Ihnen sicherlich weiterhelfen. Schließlich ist er für alle Materialien im OP verantwortlich.« An Pfeiffer gewandt fügte sie hinzu. »Sie können ihn ja gleich zu zweit verhören. Ich bin mir aber sicher, dass es da keine Unstimmigkeiten geben wird.«

4

Der OP-Manager war ein Mann im mittleren Alter. Er besaß eine untersetzte Statur mit einem kleinen Bauchansatz. Seine Haare verabschiedeten sich langsam und in wenigen Jahren würde er eine Glatze tragen. Peter Müller kontrollierte einige Bestandslisten, als Tristan und Pfeiffer an die Tür klopften. Holzbaum und Affolderbach warteten im Foyer auf ihren Chef. Pfeiffer war klar geworden, dass seine Entourage ziemlich einschüchternd wirkte, deshalb sollte Affolderbach mit seinem Tablet über Unfälle mit dem besagten Sägeblatt im Netz recherchieren. Holzbaum gönnte sich eine Pause.

»Guten Tag«, grüßte Tristan den OP-Manager. »Wir sind …«

»Bin informiert«, schnitt Müller dem Detektiv das Wort ab. »Brenner rief an. Kommen Sie, ich zeige Ihnen, wo wir die Sägeblätter lagern und wie wir sie bestellen.«

Pfeiffer runzelte die Stirn und ließ Tristan den Vortritt.

»Ist jemals ein Sägeblatt gebrochen?« fragte der Detektiv.

»Ich kenne keinen Fall«, antwortete Müller. »Sehen Sie, hier lagern wir die OP-Mittel.«

Er öffnete einen Stahlschrank, in dem zahlreiche Schubladen und Fächer vollgestopft mit medizinischen Mitteln lagen.

»Das hier sind die verpackten Sägeblätter«, er reichte jeweils eins den beiden Besuchern. »Die sind aus Chirurgenstahl, absolut bruchsicher bei normalen Belastungen im OP.«

»Wie konnte es brechen?« wunderte sich Pfeiffer, der tatsächlich versuchte, das schmale Sägeblatt zu verbiegen.

»Ich kann mir nur eins vorstellen«, antwortete Müller nachdenklich. »Jemand hat Billigware bestellt.«

Tristan blickte Müller verblüfft an.

»Na, Sie kennen doch die Berichte von Autoersatzteilen, die man günstig im Internet bestellt und Schrott sind. Das gibt es auch im riesigen Markt des medizinischen Zubehörs. Wenn man schnell mal ein paar tausend Euro sparen will, dann greift man eben nicht zu einem Produkt aus der Schweiz, sondern bestellt in China«, erklärte Müller selbstgefällig.

»Sie meinen, in Ihrem Krankenhaus hat jemand aus Kostengründen Billigware bestellt!« Pfeiffer baute sich vor dem OP-Manager auf. »Das müssten Sie ja dann gewesen sein!«

»Oh Mann, langsam«, Müller trat einen Schritt zurück. »Bei uns wird der Scheiß nicht benutzt. Außerdem war ich für die OP nicht zuständig. Das hat Edgar Arens aus dem Robert-Koch-Krankenhaus organisiert.«

»Hat er sich nicht aus den Mitteln hier bedient?« wunderte sich Tristan.

»Das weiß ich nicht«, antwortete Müller plötzlich nervös. »Ich bin sicher, dass wir ausschließlich die hochwertigen Sägeblätter hier haben. Deshalb kann ich mir den Unfall auch nicht erklären.«

Pfeiffers Telefon klingelte und er nahm ab. »Sie haben das Sägeblatt analysiert«, sagte er laut mit Blick zu Müller, dann hörte er sich die Ergebnisse schweigend an und legte auf.

»Das waren die Leute aus dem Labor. Das Sägeblatt war eine Fälschung aus Aluminium. Das Ding musste brechen.«

Der OP-Manager wurde blass. Er atmete plötzlich schwer.

»Ich wüsste nur gerne, wie es in den OP-Saal gelangen konnte?« zischte der Hauptkommissar.

»Keine Ahnung, Mann. Ich habe Ihnen hier die Mittel gezeigt«, antwortete Müller hastig. »Sie müssen Arens fragen, der war heute Morgen für die Vorbereitung zuständig.«

»Das werden wir«, nickte Pfeiffer. »Sie sollten sich bemühen, klarzustellen, dass Ihnen keiner das Ding untergeschoben hat. Außerdem werden meine Kollegen Ihren Bestand nochmals gründlich untersuchen.«

Pfeiffer telefonierte mit der Wache, dann verließen sie den Raum und gingen zum Ausgang.

»Ihnen ist schon klar, dass jeder, der im OP war, das Sägeblatt hätte austauschen können«, sagte Tristan nachdenklich.

»Bin ich Hauptkommissar oder Sie? Natürlich weiß ich das. Dennoch müssen wir wissen, ob es noch so eine Fälschung gibt,« fauchte der Hauptkommissar.

Sie gingen ein paar Meter, dann sagte Pfeiffer: »Allerdings ist mir schleierhaft, warum jemand so blöd ist und eine offensichtliche Fälschung benutzt. Ich meine, das fällt doch auf.«

»Weiß ich nicht.« Tristan zuckte mit den Schultern.

»Jedenfalls ist es ganz schön frech, das Sägeblatt als Mordwerkzeug zu benutzen«, zischte Pfeiffer, der sich bei dem Gedanken vom Mörder herausgefordert fühlte.

»Sie sagen es«, stimmte der Detektiv zu. »Was die Frage aufwirft, warum hat man Professor Fleckenstein getötet?«

»Ja, eine gute Frage«, brummte Pfeiffer und grinste hämisch. Sein Verstand, wenige Minuten zuvor noch auf der Autobahn einer möglichen Mordspur folgend, hatte eine bemerkenswert schnelle Ausfahrt genommen. »Aber, wissen Sie was, wenn das hier einen kriminellen wirtschaftlichen Hintergrund hat, bin ich fein raus.«

»Hallo, Pfeiffer, da liegt eine Leiche im OP.«

»Nun, die Todesursache ist klar. Alle Beteiligten sind bekannt. Es wurden Fehler gemacht, was Ihre Frau Lehwald zwar bestreitet, aber Fakten sind Fakten. Es ist klar, dass jemand Schrott eingekauft hat und den zu finden ist nicht meine Aufgabe.«

Sie erreichten das Foyer, wo Affolderbach und Holzbaum auf ihren Chef warteten.

»Einen schönen Tag noch«, sagte Pfeiffer mit einem spöttischen Lächeln und ging.

5

Tristan ließ sich von dem Hauptkommissar nicht reizen. Es würde einen Skandal geben, sobald herauskam, dass man bei den OP-Vorbereitungen gefälschtes medizinisches Material eingeschleust hatte. Das konnte niemand ignorieren. Staatsanwalt Büdenbender würde handeln müssen, was mit Pfeiffers Ermittlungen beginnen müsste, ob das dem Beamten nun passte oder nicht. Doch bis es soweit war, wollte er einen Wissensvorsprung erarbeiten, der seiner Mandantin helfen sollte. Denn eins stand für den Detektiv jetzt schon fest: Wenn man ein Totalversagen des OP-Teams ausschloss, dann hatte jemand sehr viel Mühe aufgewandt, um die Hüft-OP scheitern zu lassen. Neben dem gefälschten Sägeblatt stand der falsche Plasmabeutel ebenfalls auf Tristans Liste von Merkwürdigkeiten.

Der Detektiv erreichte das Parkhaus. Sein nächstes Ziel war das Robert-Koch-Krankenhaus. Dort wollte er Edgar Arens sprechen, aber auch Liliane Lindenberg, genauer Doktor Lindenberg, die anerkannte forensische Pathologin, die ihm schon bei zwei Fällen helfen konnte.

Um sicherzugehen, dass wenigstens Lil, wie Dr. Lindenberg von Freunden genannt wurde, auch in ihrem Labor in den Kellern des Krankenhauses anwesend war, rief er sie mit seinem Handy an. Die Pathologin nahm schnell ab.

»Hallo, Dr. Lindenberg, Tristan Irle hier«, grüßte er und sprach sein Anliegen an, als das Handy zu piepen begann. »Verzeihen Sie, aber ich glaube, der Akku ist gleich leer. Sind Sie im Labor? … dann komme ich in 15 Minuten vorbei.«

Sie konnte das noch bestätigen, dann schaltete sich Tristans Handy aus.

»Ich muss mir angewöhnen, das Ding zu laden«, schnaufte der Detektiv und stieg in seinen Borgward.

Als vor fast vierzig Jahren die ersten Stücke der Hüttentalentlastungsstraße, kurz HTS genannt, gebaut und in Betrieb genommen wurden, gab es von Seiten sogenannter *Intellektueller* vernichtende Kritiken. Man beschimpfte die Stadtplaner, einen Betonwurm durchs Siegtal bauen zu lassen. Keiner der damaligen Kritiker bedachte den stetig wachsenden Autoverkehr, der sich quer durch die Stadt fraß. Und keiner dieser Kritiker nahm je zur Kenntnis, dass mit der Schnellstraße eine wichtige Verbindung aus dem Nachbarkreis Altenkirchen nach Siegen geschaffen werden sollte. Es hatte schließlich dreißig Jahre gedauert, bis es soweit war, aber nun war die HTS fertig und man kam bequem von Niederschelden bis nach Kreuztal. Siegens Innenstadt wurde entlastet und was sich vorher wie ein Betonwurm durch das Siegtal schlängelte, wurde neue Verkehrsader der Universitätsstadt. Niemand bei Verstand würde sich dieser Straße entledigen wollen.

Tristan lenkte seinen Oldtimer in Weidenau auf die HTS und ließ den alten Vierzylinder gemütlich vor sich hin tuckern, bis er auf Höhe der City-Galerie die Entlastungsstraße verließ. Bei der Ausfahrt staute sich der Verkehr, eine Auswirkung der Umweltzone, die die Stadt rund um die Innenstadt angelegt hatte. Da auch in Siegen Dieselfahrzeuge ihre Stickoxide nicht nach den Angaben der Hersteller auswarfen, kam es an der Sandstraße ständig zu Überschreitungen der Grenzwerte. Dies hatte dazu geführt, dass man den Verkehrsfluss änderte, indem man an zwei neuralgischen Stellen die Ampel-Rotphase mal schnell um das Vierfache verlängert hatte. Die Folge: Auf der Koblenzer Straße staute sich der Verkehr in Richtung Kölner Tor schon mal zurück bis zur Kochs Ecke. Was dazu führte, dass der Verkehr aus der Berliner Straße nicht abfließen konnte und damit die Ausfahrt der HTS blockierte. Natürlich lag es nicht an den Ampeln, sondern an den Autofahrerinnen und -fahrern. Die fuhren auf eine Hauptverkehrskreuzung mit Gottvertrauen und hofften, dass schon alles gut gehen würde, auch wenn die Straße vor ihnen völlig verstopft war und sie sicher in der Mitte der Kreuzung zum Stehen kamen. Dass damit keinem geholfen war, schien ihr Gehirn nicht zu begreifen.

Tristan hatte Glück, denn an diesem Nachmittag verirrten sich nur wenige Ignoranten auf Siegens Straßen. Er bog von der Berliner auf die Koblenzer Straße ab und wenig später auf die Leimbachstraße. Die führte ihn fast bis zum Robert-Koch-Krankenhaus.

Er musste noch einmal abbiegen und einen Berg hinauffahren, der eine bissige Steigung hatte, was dem Borgward nochmals alles abverlangte. Schließlich parkte der Detektiv auf einem ausgezeichneten Parkplatz, der für die speziellen Gäste der forensischen Pathologin freigehalten wurde.

Er entschloss sich, zuerst mit Lil zu sprechen. Ihre Aussagen würden nicht in einem medizinischen Fachjargon enden und den Geist verwirren, sondern für den Detektiv klar und verständlich sein. Mehr verlangte Tristan von einem Experten nicht, doch das war selten genug.

Das forensische Labor befand sich wenige Meter neben der Leichenkammer. Da Doktor Lindenberg in der Regel keine lebenden Menschen untersuchte, war das für die Lagerung ihrer Probanden ein praktischer Vorteil. Die Leichenkammer hatte man wiederum in die Katakomben des Krankenhauses verlegt, genauso wie den Heizkeller, das Materiallager, die Hausmeisterwerkstatt und die Wäscherei, die allerdings aus Kostengründen nicht mehr im Dienst war. Alle diese Bereiche waren von dem öffentlichen Bereich abgetrennt und wurden durch einen Zugang mit Türsprechanlage abgesichert. Tristan drückte die Taste, die ihn mit Lil verband. Wenig später krächzte Lils Stimme aus einem alten Lautsprecher und der Detektiv meldete sich. Die Forensikerin drückte einen Knopf und die Tür öffnete sich.

Den Gang durch die dunklen, bedrohlich wirkenden Flure absolvierte der Detektiv sportlich, sodass er wenige Minuten später Lils Labor erreichte.

6

Das Labor ähnelte denen, die man in amerikanischen oder deutschen Krimis zu sehen bekam. Es wirkte aufgeräumt und dank ausreichender Beleuchtung entfiel der Gruselfaktor. Der Geruch allerdings wirkte beunruhigend. Es stank nicht nach Verwesung, sondern wie in einem Chemielabor: eine Geruchsmischung, die durch Fäulnis und Desinfektionsmittel einen Duftcocktail ergab, der Tristan die Nasenhärchen hochstehen ließ. Einzig eine zwei mal zwei Meter lange und circa ein Meter hohe Glaswanne, in dem eine braunrote Suppe vor sich hin blubberte, entsprach keinem der üblichen Fernseh-Bilder.

Tristan vermutete in dem Inhalt den Ursprung für das besondere Luftaroma.

Lil stand vor einem Seziertisch und winkte den Detektiv zu sich.

»Sehen Sie sich das an, Herr Irle«, sagte sie aufgeregt. »Das Sternum ist in der Mitte durchbohrt.«

Tristan betrachtete das Brustbein und fragte sich, zu welchem Menschen es einmal gehört hatte.

»Damit ist auch die Todesursache geklärt«, sprach Lil weiter, »lediglich die Mordwaffe wäre noch zu identifizieren.«

»Ein aktueller Fall?« fragte Tristan.

»Ja, von einem Kollegen aus Köln«, antwortete sie und wandte sich von dem Brustbein ab. »Was führt Sie zu mir? Mein beschauliches Labor dürfte es nicht sein, das mögen Sie nämlich nicht.«

»Wie kommen Sie denn darauf«, erwiderte der Detektiv ein wenig pikiert, aber Lil nahm ihm die gespielte Empörung nicht ab. Tristans schauspielerische Fähigkeiten waren noch ausbaufähig.

»Nun, Sie schauen immer so verkniffen, wenn Ihnen die Umgebung unangenehm ist«, antwortete sie mit einem Lächeln und ahmte Tristans Gesichtsausdruck nach.

Der Detektiv gab sich geschlagen und sagte: »Sie haben ja Recht, Ihr Labor hat eine negative Wirkung auf mich. Obwohl ich Ihre Arbeit hoch einschätze. Jedenfalls brauche ich Ihren Rat bei einem Fall, den ich heute Morgen angenommen habe.«

»Sicher geht es um die missglückte Hüft-OP im Stadtkrankenhaus«, sagte Lil mit einer Selbstverständlichkeit, die Tristan erschreckte. »Jetzt schauen Sie nicht so! Keiner weiß genau, was passiert ist, dennoch ist die Nachricht bereits viral, wie es jetzt neuerdings heißt. Das Internet ist voll von Beileidsbekundungen und hämischen Kommentaren. Der Professor hatte nicht nur Freunde.«

»Ja, es geht um diese Operation«, nickte Tristan und folgte Lil zu einem Sitzbereich im Labor, der dem Detektiv noch am liebsten war. »Setzen Sie sich. Möchten Sie einen Kaffee?«

»Nein, danke«, wehrte Tristan eine Spur zu schnell ab. Lil grinste ein weiteres Mal, nahm sich eine Tasse von einem Regal und füllte sie mit Kaffee aus einer Thermoskanne.

»Dann schießen Sie mal los«, sagte sie und setzte sich zu Tristan. »Was wollen Sie wissen?«

Tristan zog ein Notizbuch aus der Strickjackentasche und berichtete ihr, wie Agnes die Operation geschildert hatte. Lil hörte aufmerksam zu und als Tristan seinen Bericht beendete, blickte sie einen Augenblick versunken in das Innere ihrer Kaffeetasse.

»Da ist aber was mächtig schiefgegangen«, sagte sie schließlich.

Tristan nickte.

»Sie sagen, der Patient lag auf der Seite, damit man an das Hüftgelenk herankam.« Sie sprach langsam und nachdenklich. »Wie ist der Chirurg dann an die Aorta gelangt, die in dieser Position hinter dem Oberschenkelknochen verläuft?«

»Ich verstehe nicht, was Sie meinen«, antwortete Tristan.

Lil stand auf und kam mit einem Tablet zurück. Sie öffnete ein Programm, das das Innere eines Menschen darstellte. »Sehen Sie, die roten Bahnen sind Arterien, die blauen Venen. Hier verläuft die Hauptschlagader, die Aorta, an der Leiste hinunter ins Bein. Sehen Sie, dass der Oberschenkelknochen in der seitlichen Liegeposition die Aorta verdeckt?«

Tristan verstand, was Lil ihm sagen wollte.

»Der Professor lag auf der Seite«, erklärte sie. »Der Chirurg wählte diese Position, um leichter an das Hüftgelenk zu gelangen. Das Sägeblatt brach, bevor er den Knochen durchtrennte. Die Hauptschlagader liegt hinter dem Oberschenkelknochen. Wie konnte er dann die Aorta zertrennen?«

»Könnte ein Splitter des Sägeblattes den Schaden angerichtet haben?« hakte er nach.

»Eher unwahrscheinlich, da das gebrochene Sägeblatt, wie Sie berichteten, wie ein Projektil durch den OP-Saal schoß. Damit wirkte die Hauptenergie vom Körper weg.«

»Wie konnte dann die Aorta zerschnitten werden?« wunderte sich Tristan.

»Na ja, Chirurgen machen auch Fehler, geben das aber nicht gerne zu«, antwortete Lil ernst. »Gut möglich, dass dieser Olenberg bei dem Versuch, die Wundblutung zu stillen, das Falsche tat.«

Tristan verließ das Labor mit mehr offenen Fragen, als ihm lieb war. Die Hüft-OP stellte sich mehr und mehr als eine Horror-Veranstaltung dar. Und keinen schien das zu beunruhigen außer den Detektiv. Lil hatte ihm noch einen Tipp zu dem Sägeblatt gegeben. Da sie selbst Dutzende dieser Sägeblätter bei Obduktionen benutzte, hatte sie ihn darauf aufmerksam gemacht, dass europäische Ware mit einem speziellen Einschweißverfahren verpackt wurde. Da Lil aber nicht wie *normale* Ärzte jedes Mal ein neues Sägeblatt benutzte, schließlich waren Tote etwas unempfindlicher als Lebende, fand sie heraus, dass man die Verpackung mit einem Fettstift wieder verschließen konnte. Die Verpackung sah dann auf den ersten Blick unberührt aus.

Das Problem mit dem gefälschten Sägeblatt hoffte Tristan, mithilfe von Intensivpfleger Edgar Arens aufklären zu können.

Lil hatte Tristan eine Wegbeschreibung mitgegeben, nach der er sich in dem Krankenhaus orientierte. Die Pathologin bot Tristan an, ihn telefonisch bei Edgar anzumelden, doch der Detektiv lehnte das freundlich ab. Schließlich wollte er den Pfleger überraschen, da sollte Edgar keine Zeit bekommen, sich auf das Verhör einzustellen.

Tristan fand das Schwesternzimmer, in dem Edgar anzutreffen sein sollte. Er klopfte und öffnete die Tür. Eine Gruppe weiß gekleideter Frauen und Pfleger saß an einem Tisch und hörte Edgar Arens zu, der gerade von der missglückten Operation berichtete.

»Ja, was gibt es?« fragte eine junge Schwester ungehalten.

»Ich suche Herrn Arens«, antwortete Tristan. »Mein Name ist Tristan Irle, Privatdetektiv.«

»Ich bin Edgar Arens«, stellte sich der Intensivpfleger vor.

Edgar überragte den Detektiv um einen Kopf. Er besaß eine muskulöse Figur und ein freundliches Gesicht. Seine blauen Augen musterten Tristan neugierig.

»Was kann ich für Sie tun?« fragte er.

»Man sagte mir im Stadtkrankenhaus, dass Sie für die medizinischen Mittel zuständig waren, die für die Fleckenstein-Operation verwendet werden sollten.« Tristan machte eine Pause und blickte zum zuhörenden Pflegepersonal. Dann fragte er provokativ: »Nach dem, was ich bis jetzt herausgefunden habe, frage ich mich, ob Sie die Fälschung absichtlich nicht bemerkt haben.«

»Was für eine Fälschung«, hakte Edgar ruhig nach. »Meinen Sie das Sägeblatt?«

Tristan nickte.

»Das hätte niemand bemerkt. Es war nämlich in der Originalverpackung eingeschweißt und ich habe es aus dem Bestand des Stadtkrankenhauses genommen. Ich weiß nicht, wer Ihnen den Floh in den Kopf gesetzt hat, dass man das bemerkt hätte.«

»Sind Sie sich da ganz sicher?« Tristan war nicht überzeugt.

Edgar schwieg einen Augenblick, dann meinte er nachdenklich: »Das Sägeblatt fühlte sich leichter an, als ich es einspannte, aber bei der Anspannung vor der OP habe ich das nicht weiter beachtet«, sagte er selbstkritisch. »Ich habe es aus dem Bestand des Stadtkrankenhauses bestellt und es lag bereits im OP-Saal wie alles andere Material auch. Niemand vom OP-Personal hat etwas in den OP-Saal mitgebracht.«

Der Detektiv sah dem Pfleger in die Augen und glaubte ihm.

»Wie konnte das falsche Sägeblatt dann in den OP-Saal gelangen?« wollte Tristan von Edgar wissen.

»Jeder von der Putzkraft bis zum Chirurgen hätte die Fälschung einschleusen können«, antwortete Edgar aufrichtig. »Sie werden das nicht klären können. Es ist auch egal, denn der Professor ist nicht an dem gebrochenen Sägeblatt verstorben, sondern weil ein falsches Blutplasma verabreicht wurde. Da sollten Sie nachhaken. Wenn Sie uns jetzt allein lassen würden? Wir haben Patienten, um die wir uns kümmern müssen.«

Edgar öffnete die Tür des Schwesternzimmers, was der Detektiv als klare Botschaft verstand, zu gehen.

7

Das Büro des Universitätsrektors lag im obersten Stock des Verwaltungsgebäudes auf dem Adolf-Reichwein-Campus. Lawrence Landau blickte wütend aus seinem Fenster in Richtung Rothaargebirge. Die Nachricht vom Tode Fleckensteins brannte in seinem Hirn wie eine Phosphorbombe. Er wollte und konnte sich nicht beruhigen. Mit Fleckenstein zerbrach ein wichtiges Zahnrad im komplizierten Räderwerk der Verteilung von Landesfördermitteln für den Medizinstudiengang.

Es klopfte an der Bürotür und Landau knurrte ein mürrisches „Herein"!

Kanzler Tyrion Haberland betrat die Schaltzentrale der Universität und stöhnte laut auf, als er die Tür hinter sich schloss.

»So ein Unglück«, sagte er laut.

»Das ist kein Unglück, das ist eine Katastrophe«, antwortete Landau.

»Ich hatte ihm noch Blumen zukommen lassen«, stöhnte der Kanzler, »was für eine Verschwendung.«

»Verschwendung!« zischte der Rektor und schüttelte den Kopf. »Tyrion, wir kommen in Schwierigkeiten, wenn wir nicht schnell die Zuständigkeiten klären, die die Millionen aus Düsseldorf lenken.«

»Lawrence, ich habe das alles im Blick«, erwiderte Tyrion und versuchte einen gelassenen Eindruck zu vermitteln. »Wir haben ein paar Reserven, die wir einsetzen können, um die nötigen Verbindlichkeiten zu begleichen.«

»Du meinst das Schmiergeld.« Rektor Landau hielt von Umschreibungen genauso wenig wie von guter und geschmackvoller Kleidung. »Wir müssen die Zahlungen bedienen, sonst fliegen uns die Absprachen um die Ohren.«

»Werden wir! Jeder der Professoren bekommt sein Geld«, antwortete Tyrion. »Doch sag nicht Schmiergeld, das sind Forschungsmittel. Klar!«

»Meinetwegen, Forschungsmittel«, wiederholte Landau. »Und wie umschreibst du die Zahlungen an die Klinikleiter?«

»Das sind Spenden, die die Betreffenden an gemeinnützige Organisationen weiterleiten.«

»Ach ja«, nickte Landau. »Wer kann Fleckenstein als Dekan ersetzen?«

»Wir müssen einen Mediziner finden, der eine gute Reputation und eine flexible moralische Vorstellung von Vergütungen hat.«

»Und, einen Vorschlag?!« brummte Landau.

»Was die flexible moralische Vorstellung betrifft, da gibt es eine Menge Kandidaten, das Problem ist die gute Reputation«, stöhnte Tyrion.

»Dann mach dich auf die Suche«, befahl der Rektor. »Wir sollten die Stelle nicht allzu lange vakant lassen.«

»Verstehe«, nickte der Kanzler, »das wird jetzt meine vordringliche Aufgabe sein.«

»Gut.« Lawrence blickte aus dem Fenster. Draußen nahm der Herbststurm an Stärke zu. Ein dunkles Wolkenmeer schwappte über den Kamm des Rothaargebirges direkt auf die Universität zu. »Das gefällt mir nicht.«

»Was genau, Lawrence?« Der Kanzler folgte Landaus Blick. »Oh, du meinst den Sturm. Das ist um diese Jahreszeit im Siegerland ganz normal.«

»Ja, möglicherweise, aber was ist mit den Nachforschungen, die jetzt sicherlich beginnen werden?«

»Was sollen das für Nachforschungen sein?« wunderte sich Tyrion. »Niemand wird mit der verunglückten Hüft-Operation Fleckensteins Vorsitz im Gründungsrat verbinden oder seine Aufgabe als Dekan für die Lebenswissenschaften.«

»Na, da wäre ich nicht so sicher«, raunte der Rektor besorgt.

8

Der Regen begann auf das Stoffdeck des Cabriolets zu prasseln, als Tristan mit seinem Oldtimer in den Hof hinter der Marienkirche einbog. Er wurde mit jeder Minute stärker und so beeilte sich der Detektiv, sein Haustier aus der Kirche ins Haus zu bringen. Helga hatte die Rubensstadt bereits verlassen, wie sie es Tristan angekündigt hatte.

»Nun, dann sind wir heute Abend allein«, sagte er zu Marlowe, der seinen Kamm sträubte. »Wie, keinen Kommentar?«

Marlowe blieb stumm, stattdessen machte er sich über seinen Fressnapf her, in dem ein fetter Keks auf ihn wartete.

»An dich hat sie gedacht«, bemerkte Tristan, mit Blick auf den vollen Fressnapf.

Der Detektiv zog seine Strickjacke aus, putzte seine Halbbrille, die voller Regentropfen war und begann Holzscheite in den Kamin zu legen. Es dauerte keine fünf Minuten, dann brannte das Feuer. Wenig später breitete sich eine wohlige Wärme im Wohnzimmer aus. Draußen verdunkelten Regenwolken den Himmel und verstärkten das graue Licht der aufkommenden Abenddämmerung. Wind und Regen schlugen gegen die Sprossenfenster des Fachwerkhauses, während im Wohnzimmer feuerrote Flammen flackernde Schatten an die gegenüberliegende Wand warfen. Tristan schaltete eine Sofaleuchte ein, die zusammen mit den tanzenden Flammen die Wohnstube in ein weichgelbes Licht tauchte.

Der Detektiv ging in die Küche und fand ein vorbereitetes Abendbrot vor, was ihm ein Lächeln ins Gesicht zauberte. So war Helga in Gedanken beim Abendessen bei ihm. Er hatte gerade die letzten Bissen hinuntergeschluckt, als es heftig an der Haustür klopfte.

»Wer stört denn jetzt«, fauchte er und ging zur Haustür.

Dort standen Pfeiffer und Holzbaum im Regen unter einem viel zu kleinen Schirm vereint.

»Guten Abend«, knurrte der Hauptkommissar. »Dürfen wir eintreten?«

Tristan nickte und öffnete die Haustür. Pfeiffer purzelte über die Schwelle, während Holzbaum den kleinen Schirm zu schließen versuchte.

»Was führt Sie zur späten Stunde zu mir?« fragte Tristan und sah Holzbaum mitleidig zu, wie er im Regen stand und der Schirm sich nicht schließen wollte. »Lassen Sie das, kommen Sie rein. Sie werden ja noch völlig durchnässt.«

Holzbaum gab auf und drückte mit seinen breiten Händen die Speichen des Schirms einfach zusammen. Den zerstörten Regenschirm legte er neben die Tür und trat ein. Der schwergewichtige

Beamte schüttelte sich und streifte seine durchnässte Jacke ab, die er über einem Jackett trug. Pfeiffer entledigte sich unterdessen seines Mantels, wartete aber geduldig darauf, dass Tristan sie bat, ins Wohnzimmer einzutreten.

»Es ist spät«, sagte Tristan verstimmt und führte die Beamten ins Wohnzimmer. »Ist etwas passiert?«

Holzbaum, der das viktorianische Sofa mit kritischen Augen betrachtete, das filigrane Möbel schien ihm nicht stabil genug zu sein, entschied sich für einen der Esstischstühle. Pfeiffer dachte über so etwas gar nicht nach. Er ließ sich in das Sofa fallen und schnaufte, als wäre er ein Dampfkessel.

Tristan drehte einen der Lesesessel um und setzte sich.

»Nun?!«

»Wir haben ein Problem«, begann Pfeiffer zerknirscht zu sprechen. »Die Obduktion hat ergeben, dass Professor Ulrich Fleckenstein ermordet worden ist.«

Tristan spielte mit seiner Halbbrille. »Was genau wurde festgestellt?«

»Eine Menge«, zischte der Hauptkommissar. »Da wollte jemand ganz sichergehen, dass der Prof die OP nicht überlebt.« Pfeiffer blickte zu Holzbaum, was der als Aufforderung verstand, die Ergebnisse der Obduktion wiederzugeben.

Holzbaum zückte ein altmodisches Notizbuch und schlug es auf.

»Dem Professor wurde ein blutverdünnendes Mittel verabreicht«, begann er.

Tristan unterbrach ihn gleich und meinte: »Ist damit das falsche Blutplasma gemeint?«

»Nein«, antwortete Holzbaum. »Man hat dem Opfer vor der Operation ein Medikament untergeschoben, das die Blutgerinnung verhindert. Außerdem muss er vor der OP mit einem Stoff in Verbindung gekommen sein, gegen den er allergisch war, was zu einem Anschwellen der Atemwege führte.«

»Das hat keiner der Ärzte festgestellt?« wunderte sich Tristan.

»Der Mann hat kurze Zeit später die „Mir-ist-alles-egal-Pille" geschluckt, er konnte gar nichts mehr sagen«, erklärte Pfeiffer. »Aber es kommt noch dicker!«

Tristan sah zu Holzbaum.

»Die allergische Reaktion hätte ihn ersticken lassen, wenn er nicht intubiert gewesen wäre«, berichtete Holzbaum weiter. »Der Mörder muss das bedacht haben, deshalb hatte er ihm das blutverdünnende Medikament untergeschoben. Aber jetzt kommt es. Er tat das bereits über einen längeren Zeitraum.«

»Was?« Tristan blickte Holzbaum fassungslos an.

»Diese Antikoagulanzien, wie die Blutverdünner heißen, unterscheiden sich in direkte und indirekte Antikoagulanzien. Es gibt neue orale Antikoagulanzien, die hemmen direkt die Gerinnungsfaktoren des Blutes. Nimmt man die über einen längeren Zeitraum ein, dann war's das bei einer starken Verletzung, man verblutet.« Holzbaum blickte Tristan nachdenklich an.

»Teuflisch«, brummte der Detektiv.

»Sie sagen es«, stöhnte Pfeiffer, »der Mord war von langer Hand geplant. Dazu passt auch das gefälschte Sägeblatt, das irgendwann in den OP-Saal geschmuggelt worden ist. Büdenbender und Flender sind außer sich. – Ach ja, wir haben keine weiteren Fälschungen im Bestand des Krankenhauses gefunden.«

»Gut«, nickte Tristan, »dass die Herren alarmiert sind, kann ich mir gut vorstellen. Wenn die Presse davon Wind bekommt, wird es dem Stadtkrankenhaus nicht gut bekommen.«

»Sie sagen es«, Holzbaum klappte das Notizbuch zu. »Unser lieber Landrat sitzt im Aufsichtsrat des Krankenhauses. Der wird uns allen Druck machen, die Sache schnellstens aufzuklären.«

»Wenn man dem Professor schon länger diesen Blutverdünner untergeschoben hat, dann dürfte Agnes Lehwald als Verdächtige entlastet sein.«

»Wie kommen Sie denn darauf«, knurrte Pfeiffer. »Sie ist immer noch verdächtig. Sie hat das nötige Wissen, um so eine Tat durchzuziehen und sie kam an den Professor heran.«

»Genauso wie alle anderen Angestellten des Krankenhauses auch«, konterte Tristan.

»Die waren aber bei der Operation nicht im OP-Saal«, antwortete Pfeiffer.

Das waren beunruhigende Neuigkeiten. Wenn jemand den Mord von langer Hand geplant hatte, dann hatte der Mörder oder die Mörderin auch alle möglichen Spuren und Hinweise bedacht, die ihn oder sie überführen konnten.

»Meinen Sie nicht, dass mit Agnes Lehwald ein Sündenbock geschaffen wurde?« Tristan sah den Hauptkommissar prüfend an. »Das würde vom eigentlichen Täter ablenken.«

Pfeiffer stand auf und schüttelte den Kopf. »Ich weiß momentan gar nichts, außer dass meine Vorgesetzten mir im Rücken sitzen. Und ich kann Ihnen versichern, dass wir den Mord schnell aufklären werden.«

»Auch wenn Sie dabei nur Indizien finden?« hakte der Detektiv nach.

»Indizien wären schon großartig«, schnaufte Pfeiffer und kramte seine e-Zigarette aus dem Jackett. »Glauben Sie mir, die Ärzte werden mauern und verschleiern. Da werden Indizien schon der Jackpot sein.«

Tristan widerstrebte es, dem Hauptkommissar recht zu geben, aber in diesem Fall könnte der Polizist voll ins Schwarze getroffen haben.

3. Der Konferenzraum …

Donnerstag

Der Konferenzraum füllte sich langsam. Rektor Landau betrachtete seine Gäste mit einem kritischen Blick. Da war dieser Klinikleiter vom St.-Josef-Krankenhaus, Zachariah Trapp. Dieser Mann sah aus, als lebe er als Asket. Kein Gramm Fett und immer dieses falsche Lächeln. Trapp war so ein Typ, den man mit einem Haifisch in einem Seekurort vergleichen könnte, er war etwas, dem man unter allen Umständen aus dem Weg gehen sollte.

»Guten Morgen, Herr Rektor«, grüßte Trapp freundlich und setzte sich an den Konferenztisch. »Wann kommen die anderen?«

»Sind unterwegs«, antwortete Landau herablassend.

Wenig später betraten schließlich Henriette Brenner und kurz danach Klinikleiter Karl Kötting vom Robert-Koch-Krankenhaus den Raum.

»Jetzt fehlt nur noch Dr. Olenberg«, bemerkte der Rektor. »Frau Brenner, wird er rechtzeitig eintreffen?«

»Wird er«, antwortete Henriette kurz angebunden. Sie vermied auffällig, den Klinikleiter Kötting anzuschauen.

»Ist etwas?« fragte dieser aggressiv.

»Nichts, das Sie klären könnten«, fauchte Henriette.

»Seit wann mögen Sie sich denn nicht mehr«, bemerkte Trapp süffisant.

»Das geht Sie nichts an«, konterte Henriette.

Landau, dem die angespannte Stimmung auf das Gemüt schlug, brummte: »Wir sind hier nicht im Kindergarten. Bitte, reißen Sie sich zusammen. Der Tod von unserem geschätzten Professor Fleckenstein hat uns alle mitgenommen.«

»Herrn Kötting wohl eher nicht«, grinste Henriette schadenfroh.

»Was soll das denn heißen!« wunderte sich Trapp.

»Oh, Herr Kötting weiß genau, was ich meine«, zischte Henriette.

»Wir haben freie Marktwirtschaft«, antwortete der Klinikleiter des Robert-Koch-Krankenhauses gelassen.

»Könnten Sie das konkretisieren«, bat Landau, der es aufgegeben hatte, gegen die miese Stimmung im Konferenzzimmer anzukämpfen.

»Er hat hinter unserem Rücken Professor Fleckenstein ein Angebot gemacht«, schmetterte Henriette voller Wut in den Raum. »Fleckenstein hätte das Stadtkrankenhaus verlassen.«

In diesem Moment betrat Adam Olenberg das Konferenzzimmer und sagte: »Bitte entschuldigen Sie die Verspätung. Ich wurde aufgehalten. Was habe ich verpasst?«

Die anderen sahen den Chirurgen an, als hätte er ihnen gerade in die Suppe gespuckt.

»Was ist?« konterte Olenberg die verärgerten Blicke. »Sind Sie noch nie zu spät gekommen?«

»Ist das wahr, Herr Kötting?« fragte der Rektor ernst, ohne auf Olenberg weiter einzugehen. »Haben Sie Professor Fleckenstein abgeworben?«

»Er war mit seiner Situation nicht mehr zufrieden«, brach es aus Kötting heraus. »Das Stadtkrankenhaus wollte seine Forderungen nicht akzeptieren.«

»Die hätten Millionen gekostet«, antwortete Henriette laut. »So ein Hybrid-OP ist teuer.«

»Wir haben dieses Highend-OP für unsere Ärzte geschaffen, damit der Patient entlastet wird. Wenn Sie dafür kein Geld ausgeben wollen, dann machen Sie mich nicht zum Sündenbock, wenn Ihnen Ihre Kapazitäten davonlaufen!« Köttings Gesicht war rot angeschwollen. Der leicht übergewichtige Mann atmete einmal tief durch und starrte dann zu Landau. »Ihr Anteil ist dadurch nicht bedroht gewesen. Die Uni hätte ihr Geld bekommen.«

»Aber was ist mit uns«, mischte sich Trapp nachdenklich ein. »Wären wir ebenfalls mit dem gleichen Anteil bedacht worden, den wir mühsam ausgehandelt haben?«

»Es hätte sich nichts verändert«, wiederholte sich Kötting. »Außerdem ist diese Diskussion hinfällig, denn unser lieber Doktor Olenberg hat es versaut.«

»Ich verbitte mir diese Anschuldigung!« platzte es aus Olenberg heraus. »Diese OP war der reinste Horror. Da hat jemand absichtlich die OP sabotiert.«

»Was?!« rief Landau und stand auf. »Sie machen einen schlechten Scherz!«

»Nein, mache ich nicht«, antwortete Olenberg und berichtete, was vorgefallen war.

Als er endete, sahen sich die Teilnehmer verstört an.

»Soll das heißen, dass man absichtlich den Tod des Professors in Kauf nahm?« Landau war zwar Professor und Rektor an einer Universität, das hieß aber noch lange nicht, dass er auch helle im Kopf war. In vielen Fächern reichte Fleißarbeit, um eine wissenschaftliche Karriere zu beginnen. Brillanz fiel nur unangenehm bei den *Durchschnittlichen* auf, war daher eher hemmend, wenn man um einen Lehrstuhl buhlte.

»Ja, das heißt, dass man Fleckensteins Tod in Kauf nahm«, antwortete Olenberg genervt. »Allerdings wüsste ich nicht, wer ein solches Motiv haben könnte.«

»Oh, ich denke, das wissen Sie doch«, konterte Trapp und sah kalt zu Henriette Brenner.

2

Tristan saß beim Frühstück und las einen Artikel, den er sich aus dem Internet gezogen hatte. Die Technikaffinität hatte mit der Zeit zugenommen. Statt wie früher auf den Computer zu schimpfen, nutzte der Detektiv immer häufiger die Recherche im Internet. Allerdings musste er sehr schnell feststellen, dass ein unbegrenzter Zugang von Informationen nichts über die Qualität der gefundenen Informationen aussagte. Eine gründliche Überprüfung machte eine erfolgreiche Ermittlungsarbeit immer noch notwendig.

Jetzt las er einen Artikel über Promotionen – die Doktorarbeiten – von Ärzten. Diese Doktorarbeiten, so belegte die Studie, waren größtenteils abgeschrieben und entsprachen in keiner Weise den vom Wissenschaftsrat geforderten Anforderungen. Sie umfassten manchmal nur 50 Seiten und waren nebenbei zusammengeschustert worden. In Münster flog eine Gruppe auf, die seit Jahren die gleichen Doktorarbeiten einfach den nachrückenden Studenten überließ. Das war auch für die Münsteraner zu viel des Guten und viele dieser Promotionen wurden zurückgezogen.

Der Grund für die Schmalspurpromotion, wie der Artikel die Arbeiten betitelte, lag darin, dass die Ärzte in ihrem Studium nicht eine einzige wissenschaftliche Hausarbeit schreiben mussten. Da in anderen Fächern ein Doktortitel nur vergeben wird, wenn die Doktorarbeit nach akademischen Maßstäben geschrieben wurde, ignorierten viele medizinische Fakultäten diesen Anspruch einfach. Das führte dazu, dass der deutsche Dr. med. im Ausland nichts galt. Jeder Mediziner mit Doktortitel aus Deutschland musste seine wissenschaftliche Qualifikation gesondert beweisen, wenn er zum Beispiel an europäische Fördermittel gelangen wollte.

»Jetzt ist mir klar, warum die Ärzte so wild auf das Fördergeld des Landes NRW sind.« Tristan las weiter. »Sie bekommen nämlich nichts von anderen Stellen.«

Marlowe beobachtete sein Herrchen, seit es die Studie las, neugierig, besonders das bedruckte Papier interessierte ihn. Mit einem Satz flatterte er von seiner Kletterstange in Richtung Küche. Dort bog er gleich links ab und klatschte auf den Küchentisch.

»He, das sollst du doch nicht machen«, schimpfte Tristan und tippte Marlowe auf den Schnabel.

Der Kakadu krächzte und sträubte seinen Kamm. »Es war ein großer General? / Sein Ruhm ging in die Binsen; / man kennt ihn heute nicht einmal / dort, wo er wohnt: in Winsen.«

»Wo hast du denn den Spruch wieder her?« wunderte sich der Detektiv und dachte einen Augenblick über Marlowes Worte nach.

Wie schnell man den Ruhm verlieren konnte, war Tristan bewusst. Geschah dies nicht gerade mit dem verstorbenen Fleckenstein?

Soviel Tristan bis jetzt herausbekommen hatte, schien der anerkannte Professor alles andere als ein selbstloser Menschenfreund gewesen zu sein. Ein Mensch, so stand zumindest fest, wollte dem Ärztlichen Direktor an den Kragen. Es war an der Zeit, herauszufinden, wie der Professor gelebt hatte, welche Freundschaften und welchen Umgang er gepflegt hatte. Tristan wusste, dass Fleckenstein seit Kurzem nicht mehr mit seiner Frau zusammenlebte. Ein Artikel in der heimischen Tageszeitung erwähnte das im Zusammenhang eines Jubiläumsberichtes, außerdem gab es einen Hinweis in Fleckensteins Wikipedia-Eintrag. Die gute Frau Fleckenstein hatte sich in den Süden zurückgezogen und damit waren nicht etwa Bayern oder Italien gemeint. Nein, sie war gleich mal über den Äquator bis nach Südafrika ausgewandert. Wie süffisant in dem Bericht erwähnt wurde, zahlte der gute Professor für den teuren Lebenswandel seiner Frau. Die hatte also keinen Grund, ihrem Mann das Leben zu nehmen. Da das Ehepaar kinderlos war, gab es keinen direkten Verwandten, den man befragen konnte.

»Also dann über den Arbeitsplatz«, murmelte der Detektiv.

Er stand auf, um sein Notizbuch zu suchen.

»Das Papier ist tabu, hörst du, Marlowe!« Er hob seinen Zeigefinger, was dem Kakadu verdeutlichen sollte, dass er es ernst meinte.

Marlowe legte seinen Kopf zur Seite und für einen Augenblick, das hätte Tristan schwören können, sah es so aus, als ob der Kakadu ihn frech angrinste.

»Ich meine es ernst«, betonte der Detektiv und Marlowe flatterte zurück auf seine Kletterstange.

Im Wohnzimmer auf dem Sekretär fand er sein Notizbuch und schlug es auf.

Er suchte die Telefonnummer von Agnes Lehwald, fand sie und rief sie an.

»Guten Morgen, Frau Lehwald, ich brauche Ihre Hilfe.«

Tristan erklärte Agnes, was er von ihr erwartete und verabredete sich in einer Stunde mit ihr in einem Café unweit des Kornmarktes.

Er legte auf, da klopfte es laut an seiner Haustür.

»Sie sollten eine Schelle einbauen lassen«, schoss es aus Henriette Brenner heraus, die sichtlich aufgebracht auf seiner Türschwelle stand. »Ich habe eine Ewigkeit nach dem Klingelknopf gesucht!«

»Guten Morgen«, antwortete Tristan überrascht.

»Sagen Sie so was nicht! Der Morgen ist ganz und gar nicht gut«, schnaufte sie, »darf ich eintreten?«

»Bitte.« Tristan führte die Klinikleiterin in sein Wohnzimmer.

»Es ist etwas Schlimmes passiert«, platzte es aus ihr heraus, während sie langsam den Mantel öffnete. »Man behauptet doch tatsächlich, ich hätte ein Mordmotiv.« Sie sah sich um und warf dann den Mantel über das Sofa. »Diese Schlange von Trapp!«

»Bitte, beruhigen Sie sich doch«, mahnte Tristan. »Im Moment reden Sie in einer sehr kryptischen Ausdrucksweise.«

»Was?! Es ist doch ganz einfach«, Henriette ließ sich auf einen der Esszimmerstühle nieder. Die Kletterstange mit Marlowe bemerkte sie nicht. »Zachariah Trapp ist der Klinikleiter vom St.-Josef-Krankenhaus. Er hat heute herausbekommen, dass Professor Fleckenstein das Stadtkrankenhaus verlassen und zum Robert-Koch-Krankenhaus wechseln wollte. Jetzt beschuldigt mich dieser Python, ich hätte aus Rache, oder was auch immer, Fleckensteins OP sabotiert.«

»Und, haben Sie?« Tristan sah seinen Gast eindringlich an.

Henriette Brenner schwieg einen Moment. Ihr Gesichtsausdruck versteinerte und dann antwortete sie: »Natürlich habe ich die Operation nicht sabotiert. Fleckenstein war ein guter Ärztlicher Direktor, aber wegen seines Weggangs einen Mord zu planen, das war der Kerl nicht wert.«

»Dann können Sie doch beruhigt sein«, meinte der Detektiv.

»Also, da gibt es was«, begann Henriette herumzudrucksen, »das die Polizei sicherlich herausfindet.«

»Ich bin ganz Ohr«, antwortete Tristan.

»Vor einigen Jahren habe ich den Fehler begangen und minderwertiges Material im Internet gekauft«, erklärte sie niedergeschlagen. »Der Preis war unschlagbar, aber das Zeug war Schrott. Zum Glück ist niemand zu Schaden gekommen, aber der Kauf steht in den Büchern und wird mir jetzt auf die Füße fallen.«

»Dann gehen Sie davon aus, dass man den Kauf des gefälschten Sägeblattes auch in Ihren Büchern findet?« Tristans graue Zellen hatten die Verbindung zum aktuellen Fall sofort erkannt.

»Ich weiß es nicht. Aber ich kann es auch nicht ausschließen. Wenn jemand mir was anhängen will, dann findet man die Bestellung in der Buchhaltung. Und ich kann mich nicht rausreden, da ich das Okay geben muss, auch wenn die Ärzte den ganzen Papierkram machen.«

3

Henriette Brenner hatte den Detektiv verlassen, nachdem der sich bereit erklärte, ihr Geständnis bei seinen Ermittlungen zu berücksichtigen. Darüber hinaus würde sie ihn bei seinen Ermittlungen intensiver unterstützen. Ein Versprechen, das Tristan anzunehmen gedachte. Doch zuerst stand das Treffen mit Agnes an.

Der Herbststurm des Vortages war nach Osten gezogen und hatte den Regen mitgenommen. Als Tristan mit Marlowe auf der Schulter das Haus verließ, schien die Sonne von einem blauen Himmel. Es war kühl und es roch nach feuchtem Laub. Sie gingen die Barstewende hinauf. Das Café lag nicht weit von Tristans Haus am Kornmarkt. Der Wirt hatte ein paar Tische und Stühle rausgestellt. Ein aufgespannter Sonnenschirm mit elektrischen Heizstrahlern machte zudem ein

Sitzen im Freien möglich. Tristan war öfter am Café vorbeigegangen und irgendwann hatte er den Besitzer gefragt, ob er mit Marlowe auf der Schulter willkommen sei. In geschlossenen gastronomischen Räumen mit einem Kakadu aufzutauchen führte meist zu Diskussionen mit dem Personal und endete damit, dass Mensch und Tier den Raum verlassen mussten. Die Gesundheitsbehörden mochten keine Vögel in Bereichen, in denen Essen serviert wurde.

Der Detektiv akzeptierte diese Bestimmung und versuchte in Cafés nicht in eine missliche Situation zu geraten, die Diskussionen verursachte. So traf es sich gut, dass der Besitzer ein paar Tische nach draußen gestellt und nichts gegen Marlowe einzuwenden hatte. Tristan setzte sich und bestellte einen Kaffee, während er auf Agnes wartete.

Das Café befand sich am Ende des Kornmarktes gleich neben der Polizeiwache. Haus Seel mit Sitz des Kunstvereins Siegen lag nur ein paar Schritte die Straße hinunter. Gegenüber dem Café thronte das Rathaus der Stadt Siegen und gleich hinter dem Rathaus lag der Marktplatz mit seinem Mikadobrunnen und der treppenförmigen Umrandung. Das Stück Straße von der Löhrstraße bis zum Café wurde Kornmarkt genannt. Die Straße führte aber weiter in die Altstadt und änderte nochmals den Namen in Obere Metzgerstraße. Über diese Obere Metzgerstraße schlenderte nun Agnes Lehwald heran.

Tristan machte sich bemerkbar und gleich darauf beschleunigte die Krankenschwester ihren Gang.

»Hallo, Herr Irle«, grüßte sie freundlich und streichelte Marlowe wieder die Brust. Der ließ es sich gefallen und wippte zufrieden hin und her.

Agnes setzte sich und bestellte ebenfalls einen Kaffee.

»Wie kommen Sie voran?« fragte sie, als die Kellnerin gegangen war.

»Schleppend«, antwortete der Detektiv und nippte an seinem Kaffee. »Aber ich habe ja erst gestern begonnen.«

»Dann bin ich ja froh, dass ich Ihnen helfen kann«, lächelte die Krankenschwester. Sie kramte in ihrer Jackentasche und zog einen Zettel heraus. »Eine Arbeitskollegin und gute Freundin war hilfsbereit.«

Sie reichte den Zettel an Tristan.

»Dort finden Sie alle Besucher, die Professor Fleckenstein vor seiner OP empfangen hat.«

»Das ist gut«, nickte der Detektiv und warf einen Blick auf den Zettel.

Die Kellnerin brachte Agnes Kaffee. Tristan wartete, bis sie wieder allein waren und sagte dann: »Was wollte der Kanzler Haberland bei Fleckenstein?«

»Er scheint ihm einen Blumenstrauß aufs Zimmer gebracht zu haben«, erklärte Agnes. »Meine Freundin hat sich das gemerkt, weil es komisch aussah.«

»Komisch aussah?!«

»Na ja, gewöhnlich bringen Männer keine Blumensträuße anderen Männern. Nur wenn sie ein Paar sind. Und das waren Fleckenstein und Haberland ganz sicher nicht«, antwortete sie schmunzelnd.

»Im Obduktionsbericht stand, dass Fleckenstein eine allergische Reaktion aufwies, als man ihn zum OP brachte.« Tristan überlegte: »Könnte diese Reaktion durch die Blumen ausgelöst worden sein?«

»Ja, das würde die schwere Atmung erklären, die er hatte«, antwortete Agnes. »Doch da sich die Narkoseärztin darum kümmerte, habe ich mir weiter keine Gedanken gemacht.«

»Wissen Sie, wie die Ärztin heißt?« fragte Tristan.

»Natürlich, Dr. Adina Henkel aus dem St.-Josef-Krankenhaus. Sie war die erste Wahl von Fleckenstein. Er schien sie von früher her zu kennen.«

Tristan, der sein Notizbuch aus seiner dicken Strickjacke herauszog, notierte sich den Namen.

»Übrigens, da hinten geht sie gerade.« Agnes deutete in Richtung Marktplatz.

»Wer geht da?« Tristan drehte sich zum Marktplatz um.

»Dr. Henkel«, antwortete sie.

»Mit wem ist sie da zusammen?« Tristan hatte einen Mann bemerkt, der sich an die Ärztin anschmiegte.

»Kann ich nicht richtig erkennen, aber nach der Figur zu urteilen, könnte das der Klinikleiter des St.-Josef-Krankenhauses sein. Zachariah Trapp.«

»Trapp?!« Tristans Aufmerksamkeit galt jetzt dem Paar, das über die Löhrstraße in einem anderen Café verschwand. »Interessant, Ihre Chefin war eben bei mir und nannte diesen Trapp einen Python.«

»Oh, das kann ich verstehen«, grinste Agnes. »Frau Brenner hat vor ein paar Monaten zwischen Fleckenstein und Trapp schlichten müssen. Die beiden Herren mussten sich mächtig bekämpft haben.«

»Kennen Sie den Grund dieser Auseinandersetzung?« fragte Tristan.

»Nein, aber im Flurfunk hieß es, dass Fleckenstein eine wissenschaftliche Arbeit von Trapp zerlegt haben soll. Aber wie gesagt, das sind Gerüchte.«

»Das wird immer verwirrender«, meinte Tristan.

»Ich sagte Ihnen ja, dass Fleckenstein kein guter Mensch war«, sagte Agnes.

»Wissen Sie, dass die Obduktion ergab, dass man Fleckenstein über mehrere Tage ein Blutverdünnungsmittel verabreicht hat?«

Agnes stellte die Kaffeetasse ab und starrte Tristan entsetzt an. »Wie?!«

»Wir wissen es noch nicht«, antwortete er. »Er muss es aber zu sich genommen haben.«

»Dann hätte es keinen Unterschied gemacht, wenn wir früher mit dem Blutplasma begonnen hätten? Er wäre so oder so verblutet!«

»Ja, aber Hauptkommissar Pfeiffer hält Sie immer noch für die Hauptverdächtige.«

»Welches Motiv soll ich haben?« rief sie leise. »Halten Sie mich auch für eine Mörderin?«

»Nein! Ich glaube, Sie sind der Sündenbock!«

4

Tristan und Marlowe saßen wieder im Wohnzimmer des alten Fachwerkhauses. Agnes hatte ein paar interessante Erkenntnisse liefern können, denen der Detektiv nachgehen würde. Im Augenblick überdachte er die nächsten Schritte und wartete auf Helga, die von der Ginsberger Heide in die Stadt kommen wollte.

Um ein klares Bild über den Stand seiner Ermittlungen zu erhalten, fasste Tristan die neuen Ergebnisse in seinem Notizbuch zusammen.

»Da hätten wir den Streit zwischen dem Klinikleiter des St.-Josef-Krankenhauses und dem Ärztlichen Direktor«, murmelte er und notierte die Frage: Um was ging es da?

Außerdem fragte er sich, was Henriette Brenner für eine Rolle spielte. War sie fähig, einen Mord zu begehen?

Was er im Moment außer Acht ließ, waren Fragen nach dem WIE.

Wie kam das gefälschte Sägeblatt in den OP-Saal?

Wie wurde das Blutplasma ausgetauscht?

Und, wie hatte Fleckenstein das Gerinnungsmittel unbemerkt zu sich nehmen können?

Dann schoss ein Gedanke durch seine grauen Zellen. Die allergische Reaktion von Fleckensteins Atemwegen, könnte die durch die Blumen ausgelöst worden sein?

»Ich Depp«, rief er plötzlich und sprang auf. »Das hätte ich doch gleich machen sollen!«

Tristan blätterte im Notizbuch. »Ja, hat der Kanzler nicht einen Strauß in Fleckensteins Zimmer gebracht?«

Er griff zum Telefon und rief im Stadtkrankenhaus an.

»Hoffentlich ist Henriette schon wieder im Büro«, murmelte er.

Der Detektiv hatte Glück. Die Klinikleiterin nahm ab.

»Frau Brenner, Irle hier«, begann Tristan. »Bitte sorgen Sie dafür, dass alle Blumen in Fleckensteins Krankenzimmer *nicht* entsorgt werden.«

»Ja, das kann ich veranlassen, wenn es nicht schon zu spät ist«, antwortete sie.

»Bitte, kümmern Sie sich jetzt sofort darum. Es ist wichtig!« drängte er.

»Dann lege ich mal schnell auf«, antwortete sie und tat es.

»Nun wird sich zeigen, ob man ihr vertrauen kann«, murmelte er und ging in die Küche.

Draußen auf dem Hof fuhr Helga mit ihrem Fiat Panda vor. Sie parkte gleich neben dem alten Borgward und stieg aus. Das freundliche Herbstwetter hielt an und so nahm sie sich Zeit, aus dem Kofferraum zwei Taschen zu nehmen und anschließend über den Hof zum Haus zu gehen.

»Tristan, ich bin da«, rief sie in der Diele, wo sie ihren Mantel aufhängte. »Ich habe was zu essen mitgebracht.«

»Bin in der Küche«, antwortete Tristan.

»Du hast doch nicht gekocht?« fragte sie und stellte die beiden Taschen auf dem Küchentisch ab.

»Nein, wollte gerade anfangen«, antwortete der Detektiv und gab Helga einen Begrüßungskuss. »Was hast du mitgebracht?«

Helga grinste und antwortete: »Kartoffelsalat, Hackbällchen und Fleischwurst. Wenn du willst, machen wir die Bällchen und die Fleischwurst warm.«

»Ich denke, die Fleischwurst warm zu machen reicht«, schlug er vor. »Die Bällchen kann man kalt aufs Brot essen.«

Marlowe verfolgte das Treiben in der Küche von seiner Kletterstange aus und krächzte ein paarmal, um auch etwas abzubekommen. Helga steckte ihm zwei selbst gebackene Kekse in den Fressnapf und damit war der Kakadu zufrieden.

Während die Fleischwurst im Topf langsam warm wurde, deckten sie zusammen den Tisch.

»Was hast du bis jetzt herausbekommen?« fragte Helga.

Tristan fasste die Ermittlungen grob zusammen und fragte: »Bleibst du länger in Siegen?«

»Ja, ich habe ein paar Freundinnen eingeladen«, lächelte Helga.

»Hierher?« Tristan blickte überrascht zu Helga.

»Ja, du hast doch nichts dagegen?« Ihre Frage klang unschuldig und die Antwort gab sie selbst. »Ich denke, du wirst doch ermitteln und sowieso nicht da sein. Wir verwüsten das Wohnzimmer schon nicht.«

»Das hätte ich nie angenommen«, antwortete Tristan überrumpelt. »Pass nur auf Marlowe auf, nicht dass er einer deiner Freundinnen in den Finger kneift.«

»Das wird der kleine Racker schon nicht«, lächelte Helga und nahm die heiße Fleischwurst vom Herd.

Nach dem Essen zog Tristan die dicke Strickjacke über, putzte seine goldene Halbbrille und verabschiedete sich von Helga.

»Wir sehen uns dann später«, sagte sie.

Tristan nickte und nahm den Autoschlüssel.

Sein Ziel war das Stadtkrankenhaus in Weidenau. Er parkte wieder im Parkhaus und eilte dann zu Henriettes Büro. Dort wurde er gleich zur Klinikleiterin durchgelassen.

»Wir hatten Glück«, schoss es aus Henriette heraus. »Die Blumen waren alle noch da.«

»Waren es mehrere Blumensträuße?« wunderte sich Tristan.

»Ja, aber sie sind alle da«, wiederholte sie.

»Besteht die Möglichkeit, herauszubekommen, ob Fleckenstein gegen eine dieser Blumen allergisch war?«

»Oh, das ist nicht weiter schwierig«, antwortete Henriette. »Er vertrug keine Tulpen und Margeriten und davon stand ein fetter Strauß auf der Fensterbank gleich neben dem Bett. – Was?! – Sehen Sie mich nicht so an. – Ich habe diesen Mann lange genug beruflich begleitet, um das zu wissen.«

»Vom Pflegepersonal wusste das aber niemand, oder?«

»Wenn sie es gewusst hätten, dann wären die Blumen nicht im Krankenzimmer gelandet«, antwortete Henriette bissig. »Wissen Sie, wer diesen Strauß mitgebracht hat?«

»Ich habe da eine Vermutung«, antwortete Tristan zögerlich. »Eine Grußkarte war also nicht dabei?«

»Nein, bei keinem der Sträuße«, seufzte Henriette.

»Danke für Ihre Hilfe, das hat mir weitergeholfen«, sagte der Detektiv und stand schon in der Tür, als er sich nochmals umdrehte und fragte: »Frau Brenner, gab es einen Besucher oder Freund, den Fleckenstein regelmäßig traf?«

»Fleckenstein?« Henriette grinste. »Er hatte keine Freunde, nur Günstlinge und Geschäftspartner. Wenn man von Freunden sprechen könnte, dann wäre der Rektor Landau eine Person, die nahe an einen Freund drankäme. Mit Landau hat er sich fast täglich getroffen. Sie müssen wissen, dass Fleckenstein der neue Dekan der Fakultät der Lebenswissenschaften war.«

»Danke, Frau Brenner.« Tristan verließ das Krankenhaus.

Vom Stadtkrankenhaus hinauf zur Universität waren es keine fünf Minuten. Diese Zeit wollte Tristan investieren und Tyrion Haberland aufsuchen, bevor er die Informationen von Henriette einordnete.

5

Der Kanzler der Universität Siegen beugte sein Haupt über eine Excel-Tabelle. Die aufgeführten Zahlen marterten sein Gehirn, seitdem er die Tabelle ausgedruckt hatte. Wenn man einen neuen Studiengang an einer Universität installieren will, dann benötigt man neben qualifizierten Lehrkräften auch die passenden Unterrichtsräume. Germanistik oder Romanistik waren Fächer, da genügte ein Seminarraum mit Tafel. Chemie und Physik dagegen benötigten neben Seminarräumen auch ein Labor. Die Mediziner brauchten Hörsäle möglichst nahe ihrer praktischen Ausbildung, also in den Krankenhäusern. Die wollten die Kosten für den Bau der Hörsäle aber nicht allein tragen. Da sollte die Uni einen Batzen Geld zuschießen. Doch woher nehmen? Schließlich plante der Kanzler für die Mediziner einen eigenen Campus einzurichten. Der kostete bei der jetzigen Planung mehr, als die Fördermittel hergaben.

Tyrion musste sich was einfallen lassen, doch ihm fehlte ein passender Geistesblitz.

Es klopfte kurz an der Tür, dann trat seine Sekretärin ein und sagte: »Herr Haberland, Sie haben Besuch.«

Tyrion blickte verärgert auf seinen Kalender, der ganz altmodisch auf dem Schreibtisch lag.

»Für heute ist nichts eingetragen«, maulte er.

»Äh, ja, es ist Tristan Irle, der Privatdetektiv«, erklärte die Sekretärin.

»Was will er?« Tyrions Unmut wuchs.

»So wie ich es verstanden habe, geht es um einen Blumenstrauß«, antwortete sie.

Tyrion atmete tief ein und meinte dann: »Lassen Sie ihn rein. Das kläre ich!«

Tristan betrat das Büro des Kanzlers und wurde an einen Besprechungstisch in der Ecke des Büros gebeten.

»Herr Irle, was kann ich für Sie tun?« Tyrion lächelte den Detektiv mit seinem Standardlächeln an. Er hatte dieses Lächeln vor dem Spiegel einstudiert und konnte es mittlerweile in jeder Situation abrufen.

»Herr Haberland, erst einmal ein Dankeschön, dass Sie mich empfangen«, begann Tristan freundlich. »Sie haben sicherlich viel zu erledigen, deshalb möchte ich gleich zur Sache kommen.«

»Ein Mann der offenen Worte«, lobte Tyrion. »Das ist ganz nach meinem Geschmack.«

»Ich ermittle im Todesfall von Fleckenstein.«

»Was gibt es da zu ermitteln«, unterbrach ihn der Kanzler. »Das war doch ein Unglück.«

»Wie es aussieht, hat jemand die Operation sabotiert«, erklärte Tristan.

»Sie meinen, man hat Fleckenstein sozusagen umgebracht!« Das gespielte Entsetzen Tyrions überzeugte Tristan nicht.

»Ja, das ist korrekt«, nickte der Detektiv. »Sie haben den Professor kurz vor der Operation noch besucht.«

»Nun, es war nicht kurz vor der Operation«, erwiderte Tyrion. »Ich bin früh morgens noch bei ihm gewesen. Aber da er noch schlief, habe ich nur einen Blumenstrauß dagelassen.«

»Sie haben Fleckenstein gar nicht gesprochen?« wunderte sich der Detektiv.

»Hätte ich ja gerne, denn es gibt Probleme bei der Finanzierung des Medizin-Campus«, antwortete der Kanzler, »aber ich wollte ihn nicht wecken.«

»Man hat Sie einfach zu dem Patienten gelassen? Ich meine, um wie viel Uhr waren Sie denn da?«

»Oh, es war so um sieben in der Früh«, antwortete Tyrion. »Und ehrlich gesagt habe ich mich an den Schwestern vorbeigestohlen. Ich wollte nicht stören.«

»Wussten Sie, dass Fleckenstein allergisch auf gewisse Blumensorten reagierte?« Tristan musterte den Kanzler.

Der antwortete gelassen: »Nein, woher sollte ich das wissen?«

Tristan hakte nicht nach, sondern wechselte das Thema und fragte: »Was geschieht eigentlich jetzt mit den 6,2 Millionen Euro Fördermitteln?«

»Die fließen natürlich weiter. Das Geld ist ja nicht an Personen gebunden, sondern an die Fakultät. Allerdings wird es eine Entscheidung geben müssen, wer dieser Fakultät demnächst als Dekan vorsteht.«

»Sie sprechen von der *Lebenswissenschaft*?« Tristan zog sein Notizbuch aus der Strickjacke.

»Ja«, antwortete Tyrion. Das kleine schwarze Büchlein irritierte ihn.

»Wer käme für den Job als Dekan in Frage?« Tristan schlug das Notizbuch auf.

»Oh, da müssen Sie die Professoren aus der Fakultät der Lebenswissenschaften fragen«, antwortete Tyrion kurz angebunden.

»Sie wollen mir doch nicht weismachen, dass Sie keinen Favoriten hätten.« Tristan lächelte und lehnte sich langsam zurück. Er machte seinem Gegenüber deutlich, dass er auf die Frage eine Antwort erwartete.

»Der aussichtsreichste Kandidat dürfte Dr. Adam Olenberg sein«, antwortete der Kanzler zögerlich. »Er hat vor Kurzem seine Habilitation erfolgreich gemeistert und wenn man ihm keinen

Fehler bei dieser Operation nachweist und er gewählt wird, dann wird er die Fakultät der Lebenswissenschaften als Dekan leiten.«

»Dann hätte Olenberg das Sagen?«

»Ja, im Rahmen der Hochschulverordnung«, antwortete der Kanzler.

»Herr Haberland, Sie haben mir sehr weitergeholfen.« Tristan stand auf und reichte dem Kanzler die Hand. »Und Sie wussten wirklich nichts von Fleckensteins Allergien?«

»Nein!« Tyrions Blick verfinsterte sich einen Moment, dann lächelte er wieder. »Wenn ich das gewusst hätte, dann wäre es ja bösartig gewesen, Blumen mitzubringen.«

6

»Dieses Scheiß-Internet!« fluchte Pfeiffer und hätte fast seine e-Zigarette auf den Schreibtisch geworfen.

»Chef, beruhige dich«, mahnte Werner Holzbaum.

»Wie soll man sich beruhigen, wenn man weiß, dass man ungestraft Verbrechen begehen kann!« knurrte er. »Affolderbach, was Sie da herausbekommen haben, ist das wasserdicht?«

»Ja, Chef«, nickte der Jungkommissar. »Ich habe die Firma im Netz gefunden, die diese Knochensägeblätter für einen Bruchteil des normalen Preises anbietet. Sie sitzt in China. Auf ihrer Website, die in Englisch verfasst ist, werden verschiedene medizinische Produkte angeboten.«

»Das heißt, wir haben den Hersteller,« meinte Pfeiffer und begann seine e-Zigarette mit irgendeinem Substrat zu füllen.

»Ja, mithilfe des Bundeskriminalamts, das diese Firma schon länger im Auge hat, konnte ich nachweisen, dass das Unternehmen die gefälschten Sägeblätter vertreibt. Sie fühlen sich so sicher, dass sie Bilder ihrer Produkte im Netz zeigen. Anhand von drei markanten Zeichen an unserem gebrochenen Sägeblatt lassen sich Übereinstimmungen mit dem Produkt auf dem Internetbild nachweisen.

Das Bundeskriminalamt bestätigt dies.«

»Und wie können wir denen das Geschäft verbieten?« Pfeiffer schien die e-Zigarette gefüllt zu haben.

»Gar nicht«, antwortete Affolderbach niedergeschlagen. »Die Firma etikettiert sie als Werkzeug für die Bearbeitung von Weichholz. Wir wissen nur, dass man eine ganze Charge dieser Fälschungen kaufen muss.«

»Wenn das auf der Verpackung steht, dann verstehe ich nicht, wie das Sägeblatt in die Knochensäge gelangte.« Pfeiffer schnaufte laut wie ein zorniges Ross.

»Das Bundeskriminalamt geht davon aus, dass die Sägeblätter in Europa umverpackt werden, bevor sie dann an die Besteller weitergeleitet werden«, erklärte Affolderbach.

»Wie hoch ist diese Charge, die man bestellen muss?« hakte Holzbaum nach.

»Zweihundert Stück«, antwortete Affolderbach, nachdem er auf sein Tablet geschaut hatte. »Das entspricht einer Verpackung von der Größe einer Bierkiste.«

»0,33- oder 0,5-Liter-Flaschen?« wollte Pfeiffer wissen.

»Äh, ich denke 0,33 Liter«, antwortete Affolderbach, der den Vergleich bereute.

»Affolderbach, Sie können über Ihr Tablet den Besteller nicht ausfindig machen?« Pfeiffer fühlte sich ausgebremst und hilflos, wenn es um Recherche im und rund um das Internet ging. Das reizte den Hauptkommissar wie ein rotes Tuch den Stier.

»Nein, wir müssten alle IP-Adressen aus dem Krankenhaus überprüfen, das muss wegen des Datenschutzes von einem Richter genehmigt werden. Außerdem kann man diese Bestellung auch von einem privaten Computer versendet haben. Ohne einen konkreten Verdächtigen ist es unmöglich, die Bestellung nachzuweisen. Wir brauchen sozusagen einen Digitalfingerabdruck.«

»Dann müssen wir diese Kiste mit den 199 verbliebenen Sägeblättern finden«, brummte Pfeiffer.

»Das wäre ein Anfang«, nickte Holzbaum.

»Hat sich dieser Privatschnüffler gemeldet?« Pfeiffer schaltete seine Zigarette ein. Wenig später zog der Hauptkommissar einmal kräftig und blies eine dichte Nebelwolke in das Büro.

»Muss das sein?« schimpfte Holzbaum.

»Ja, muss sein«, antwortete Pfeiffer gereizt. »Wir sollten den Privatschnüffler besuchen.«

»Irle wird nicht mehr herausgefunden haben als wir«, meinte Affolderbach selbstbewusst.

Holzbaum und Pfeiffer sahen sich an und grinsten.

»Na, dann lassen wir es doch mal darauf ankommen«, meinte Pfeiffer.

»Worauf ankommen?« Affolderbach verstand seinen Chef nicht.

»Ob wir dem Schnüffler einen Schritt voraus sind«, antwortete Pfeiffer, seine miese Stimmung schien verflogen.

Sie verließen das Büro und gingen durch das Treppenhaus hinunter zur Parketage.

Pfeiffers Dienstfahrzeug machte im Ruhezustand den Eindruck einer gemütlichen Familienlimousine. Erst wenn der Motor gestartet wurde, offenbarte sich die getunte Antriebseinheit und aus der Limousine wurde ein Rennwagen. Der Hauptkommissar verstand sich als begnadeter Autofahrer, der in jeder Situation Herr der Fahrlage blieb. An dieser Vorstellung kratzten nicht einmal die zwei Totalschäden und etliche Kratzer, die auf sein Konto gingen. Er ließ den Motor aufheulen und rollte mit durchdrehenden Rädern los.

Holzbaum saß angeschnallt auf dem Beifahrersitz und hoffte auf möglichst viel Straßenverkehr, der bremste den verkappten Rennfahrer am Steuer meistens aus. Affolderbach spreizte die

Beine und hielt sich mit einer Hand am Türbügel im Fond fest. Der Straßenverkehr war mäßig, sodass Pfeiffer schnell aber nicht allzu schnell über die Hagener Straße Richtung Kölner Tor schoss.

»Chef, du weißt, dass der Obergraben gesperrt ist«, mahnte Holzbaum. »Die bauen da eine neue Mensa.«

»Dann geht's eben über Kochs Ecke«, grinste Pfeiffer und wurde jäh an der Kreuzung Reichwalds Ecke von der neuen Ampelschaltung ausgebremst.

Der Todfeind eines Rennfahrers war eine rote Ampel. Sie stach ihm mitten ins Herz und bei übermäßig langem Rotlicht drohte Herzversagen.

»Sind die denn alle bekloppt geworden!« fluchte der Hauptkommissar am Steuer. »Wir stehen hier jetzt geschlagene fünf Minuten!«

»Und es wird noch dauern«, meinte Affolderbach, der den Verkehr von der Freudenberger Straße in die Innenstadt beobachtete.

Wie in anderen Städten auch, übertrafen bei bestimmten Witterungskonstellationen die Feinstaubwerte in der Siegener Innenstadt das Erlaubte. Deshalb hatte man die großartige Idee, den Straßenverkehr aus der Innenstadt fernzuhalten. Wie vertreibt man Autofahrer? Ja, genau, mit Staus und langen Ampelphasen. Wer den kürzesten Weg durch die Innenstadt über das Kölner Tor fahren wollte, der wurde ausgebremst. Von Kochs Ecke bis Reichwalds Ecke reichte die Umweltzone und in dieser staute sich nun der

Verkehr, da man an den jeweiligen Kreuzungen die Ampelphasen verlängert hatte. Wer clever fuhr, bog rechtzeitig auf die HTS ab und umfuhr die Umweltzone.

Pfeiffer dachte jedoch nicht daran, sich dem Diktat irgendwelcher Verkehrsplaner zu unterwerfen. Er setzte das Blaulicht und schaltete die Sirene an.

»Chef, was soll das!« Holzbaum griff erschreckt ans Armaturenbrett, da Pfeiffer plötzlich die Spur wechselte und an der Autoschlange vorbeifuhr.

Der Hauptkommissar quetschte den Dienstwagen zwischen der Geradeausspur der Sandstraße und der Abbiegespur zur Hindenburgstraße hindurch und ignorierte die rote Ampel, die den Verkehr von der Hindenburgstraße regelte. Er schaffte es, ohne Kratzer zu verursachen, bis zum Kölner Tor.

»Na, geht doch«, rief er begeistert, als sie das Kölner Tor passierten.

»Denk dran, der Obergraben ist gesperrt«, mahnte Holzbaum an.

Pfeiffer nickte und schoss auf Kochs Ecke zu. Das Blaulicht blinkte und die Sirene heulte durch die Innenstadt. Sie vertrieb lästige Autofahrer an den Straßenrand. An Siegens Hauptkreuzung, Kochs Ecke, wurde es kurz mal eng, als ein Lkw-Fahrer den heranpreschenden Dienstwagen ignorierte. Pfeiffer meisterte die Situation und erreichte unfallfrei die Berliner Straße. Dort bogen sie links in die Löhrstraße und erreichten wenig später den Hof hinter der Marienkirche.

7

Tristan vernahm das Heulen der Polizeisirene, als er aus seinem Oldtimer ausstieg. Er war mit seinem Ausflug zufrieden. Henriette Brenner hatte Wort gehalten und sich unterstützend gezeigt. Von Kanzler Tyrion Haberland wusste er noch nicht, was er von ihm halten sollte. Als er über den Mann nachdachte, begann ein Gedanke um seine grauen Zellen zu schleichen. Als jedoch Pfeiffer mit seinem Dienstwagen in den Hof schoss, verjagte das Manöver den Gedanken.

»Ach du meine Güte«, murmelte Tristan.

»Hallo, Irle«, rief Pfeiffer, der aus seinem Auto sprang, als hätte sein Sitz Feuer gefangen. »Wir müssen reden.«

»Ihnen auch einen schönen Tag«, antwortete Tristan ruhig und gelassen und fragte Pfeiffer. »Was ist passiert?«

»Nichts«, grinste der Hauptkommissar. »Wir dachten, ein Gedankenaustausch wäre für die Ermittlungen hilfreich.«

Es war so eine Sache, wenn Pfeiffer anfing nachzudenken. Er verhielt sich dann wie ein Pilot, in dessen Cockpit tausend Warnleuchten aufflackerten, und statt sich der Situation anzunehmen darüber nachdachte, welchen Sinn gewürfelte Möhren in Dosen haben.

»Oh, Sie dachten?! Dann kommen Sie mal mit.« Zusammen schritten sie zur Haustür.

Erst da fiel ihm Helgas Kaffeekränzchen ein. Er hörte bereits in der Diele, dass es in vollem Gange war.

»Das wird eng werden«, murmelte er und betrat das Wohnzimmer. »Guten Tag, die Damen. Helga, ich habe unerwarteten Besuch mitgebracht. Die Kommissare der Mordkommission.«

Pfeiffer, Holzbaum und Affolderbach betraten langsam die Wohnstube. Ein Dutzend Frauenaugen sahen die Männer neugierig an. Die wenigsten von Helgas Freundinnen hatten schon mal einen Kommissar kennengelernt. Natürlich kannte die eine oder andere Freundin einen Streifenpolizisten, aber einem Mordermittler waren sie noch nicht begegnet.

Die kleine Gruppe von sechs Frauen saß rund um den Esstisch im Wohnzimmer. So blieb für die Beamten noch Platz auf dem Sofa und in den Lesesesseln. Auf dem Esstisch standen selbst gemachtes Gebäck und Kuchen. Helga stand auf und begrüßte die Polizisten mit Handschlag, dann platzierte sie Holzbaum in einen der Lesesessel. Pfeiffer und Affolderbach wurden auf das viktorianische Sofa und der Hausherr in die Küche dirigiert.

»Was soll das?« fragte Helga leise.

»Ich kann nichts dafür«, wehrte sich Tristan. »Pfeiffer hat mich auf dem Hof regelrecht überfallen.«

»Was will er denn?« Helga nahm Geschirr aus dem Hängeschrank.

»Keine Ahnung«, Tristan zuckte mit den Schultern und nahm das Geschirr entgegen.

»Ich setze noch Kaffee auf«, fauchte sie. »Zum Glück ist genügend Kuchen da.«

Tristan verteilte das Geschirr an die Beamten.

»Wir wollen nichts essen«, sagte Pfeiffer, doch bei Tristans strengem Blick verpuffte der Widerstand des Hauptkommissars.

Holzbaum nahm dagegen den Teller mit Aussicht auf ein Stück Kuchen dankbar entgegen. Affolderbach blickte verlegen auf seinen Teller, die Anwesenheit der vielen Frauen machte ihn nervös. Tristan verteilte noch Tassen und Helga füllte sie mit Kaffee, dann reichte sie den Beamten jeweils ein Stück Kuchen.

Marlowe saß auf seiner Kletterstange und hatte den signifikanten Anstieg von Personen in seinem Lebensumfeld dank köstlicher Kekse gelassen hingenommen. Helga hatte den Frauen geraten, Marlowe nicht zu streicheln. Die hatten den Rat befolgt und so hatte sich das Kaffeekränzchen zu einem munteren Durcheinandergequatsche entwickelt. Bis Tristan mit den Beamten das Feld betrat.

Der Kakadu konnte Pfeiffer nicht leiden. Marlowe machte dies immer wieder in Aktionen deutlich, die durchaus einen vorderen Platz in der Chartliste verrückter Tierfilme gefunden hätten. Tristan hatte sein Haustier bei dem ganzen

Trubel nicht im Blick. Er hätte das Kommende sowieso nicht verhindern können. Gerade als Pfeiffer seine Tasse Kaffee entgegennahm, startete Marlowe von seiner Kletterstange. Der weiße Kakadu erschreckte eine der Frauen, die ihre Tasse fallen ließ. Er überquerte den Esstisch, was einen Aufschrei auslöste und infolgedessen weitere Tassen ihren Inhalt verloren. Marlowe flog direkt auf den Hauptkommissar zu.

Pfeiffer sah in dem überschaubaren Wohnzimmer eine weiße Kanonenkugel auf sich zufliegen. Er hielt in der einen Hand eine gefüllte Tasse Kaffee, in der anderen einen Teller mit Kuchen. Tristan verfolgte das Geschehen vom Kamin aus, wo er sich neben Holzbaum in einen der Lesesessel niedergelassen hatte. Helga stand im Türrahmen zur Küche. Sie sahen Pfeiffers verzerrtes Gesicht, der um nichts auf der Welt den Kaffee verschütten und den Kuchen fallen lassen wollte. Also sprang er auf und drehte dem heranfliegenden Kakadu den Rücken zu, ohne einen Tropfen Kaffee zu verschütten oder den Kuchen fallen zu lassen. Marlowe, von dem Manöver überrascht, bremste seinen Flug ab und landete auf dem Boden neben dem Kamin. Dann spreizte er seinen Kamm und brabbelte: »Heute gab es wieder so'nen / bösen Tag, um froh zu morden. / Männer, Mütter und Matronen – / und auch Kinder – kam'n in Horden.«

Einige der Frauen sahen sich verblüfft an, während andere den verschütteten Kaffee auf dem

Esstisch mit ihren Servietten aufwischten. Pfeiffer stellte Tasse und Kuchenteller auf dem Sofatisch ab und atmete einmal tief durch.

»Was war das denn?« schnaufte er und blickte wütend zu Marlowe.

Helga besorgte eine Küchenrolle und verteilte die Papiertücher an ihre Freundinnen. Tristan nahm Marlowe vom Boden und setzte ihn auf dem Kaminsims ab.

»Da bleibst du erst mal sitzen!« befahl er dem Kakadu. »Ist jemand verletzt?«

»Nein, es ist nur ein wenig Geschirr zu Bruch gegangen«, antwortete Helga.

»Also, dein Kaffeekränzchen ist überhaupt nicht langweilig«, meinte eine ihrer Freundinnen. »Aber ich denke, es wird Zeit, dass wir gehen.«

Die anderen Frauen stimmten ihr zu und nachdem die größte Unordnung beseitigt war, verabschiedeten sich die Freundinnen.

Die Polizisten verhielten sich ruhig und blieben auf ihren Plätzen sitzen, um keiner der Frauen in die Quere zu kommen. Holzbaum hatte sich von dem ganzen Tumult gar nicht ablenken lassen. Er aß mittlerweile sein drittes Stück Kuchen. Der junge Affolderbach wirkte dagegen angespannt. Er wusste nicht wohin mit seinen Händen und deshalb fummelte er immer wieder an seinem Handy herum. Pfeiffer betrachtete die Situation sitzend wie ein missgelaunter Trainer am Spielfeldrand. Tristan ignorierte seine Stimmung und war froh, dass die Herren einfach dasaßen und niemanden störten.

Helga verabschiedete ihre Freundinnen an der Haustür. Wenig später trat sie verärgert ins Wohnzimmer.

»Ich hoffe, es ist wichtig, dass Sie einfach hier auftauchen!« schimpfte sie.

»Für den Tumult konnten wir doch nichts«, antwortete Pfeiffer mit einem schiefen Blick auf Marlowe.

»Hätte ein Anruf nicht genügt?« entgegnete sie und verschwand in der Küche.

»Lassen Sie es gut sein«, mahnte Tristan den Hauptkommissar. »Was führt Sie also her?«

»Wir haben herausbekommen, dass man die gefälschten Sägeblätter nur in großen Stückzahlen bestellen kann«, antwortete Pfeiffer angefressen. »Wir hatten gehofft, von Ihnen weitere nützliche Informationen zu bekommen. Aber das ist wohl jetzt ein ungünstiger Augenblick. Holzbaum, Affolderbach, wir gehen!«

Holzbaum stöhnte und stellte sein Geschirr auf den Boden. Affolderbach sprang bei dem Befehl gleich auf und schien erleichtert, den Raum verlassen zu können.

»Dann haben Sie eine Firma ausfindig gemacht, die diesen Schrott verkauft?« fragte Tristan.

»Ja, die Firma sitzt in China, und nur, wenn wir einen Verdächtigen haben, können wir anhand der IP-Adresse die Bestellung verfolgen«, erklärte Affolderbach und meinte: »Dank Vorratsdatenspeicherung könnten wir den Vorgang auch noch aufklären, wenn die Bestellung einige Wochen zurückliegt.«

»Jetzt setzen Sie sich wieder, Pfeiffer«, knurrte Tristan. »Wir sind doch nicht auf dem Kinderspielplatz. Ich habe weitere Beweise gefunden, die eine Sabotage der Operation nahelegen.«

Der Detektiv berichtete den Beamten von dem verdächtigen Blumenstrauß und dem möglicherweise vertauschten Blutplasma.

»Haben Sie was über den Blutverdünner herausbekommen?« fragte Tristan.

»Nein, daran arbeiten wir noch«, antwortete Pfeiffer.

»Hm, dann sind Sie auch nicht weitergekommen als ich«, brummte der Detektiv.

»Sie wissen, dass wir Frau Lehwald nur deshalb noch nicht verhaftet haben, weil das zu viel Aufmerksamkeit erregen würde«, sagte Pfeiffer bissig. »Büdenbender und Flender wollen keinen Skandal.«

»Das kann ich mir vorstellen«, nickte Tristan und ihm kam eine Idee. »Sie könnten die Geldströme verfolgen.«

»Was für Geldströme?« Pfeiffer sah den Detektiv verstört an.

»Ich meine die 6,5 Millionen Euro, die über den Dekan und die Krankenhäuser verteilt werden, um den neuen Medizinstudiengang in Siegen zu installieren.«

»Wow, so viel Kohle spendiert das Land«, maulte Pfeiffer. »Hat aber keinen Cent für Pflegepersonal in Krankenhäusern und Altenheimen übrig.«

»Es wäre gut zu wissen, durch welche Kanäle die Euros fließen. Bekommen Sie das heraus?« Tristan formulierte die Frage provokant.

»Ich denke, das werden wir herausbekommen«, antwortete der Hauptkommissar und stand auf. »Los, wir gehen, haben schließlich was zu tun.«

8

Das nächste Tiefdruckgebiet zog langsam auf das beschauliche Siegerland zu. Der Wetterdienst sagte eine stürmische Nacht mit orkanartigen Böen voraus und warnte vor herabfallenden Ästen. Für Siegen und Umgebung war das eine wichtige Information, schließlich galt die Stadt an der Sieg als eine der grünsten Städte in NRW. Überall standen alte Buchen, Ahorne, Linden und Eichen an den Straßen und Gehwegen. In vielen Gärten wuchsen seit Generationen Bäume und die wurden nicht alle so gut gepflegt wie die im Schlosspark. In Siegen konnte ein Ast durchaus zur tödlichen Bedrohung werden. Da war es gut, dass die Abenddämmerung sich über die alte Rubensstadt legte, die der Bürgermeister gerne als Universitätsstadt titelte und alle Ortsschilder mit dieser Bezeichnung versehen ließ. Mit Einbrechen der Nacht waren weniger Menschen zu Fuß unterwegs, was die Gefahr erschlagen zu werden etwas minimierte.

Für Helga und Tristan bestand die Gefahr, von einem Ast erschlagen zu werden, an diesem Abend nicht mehr. Sie machten es sich im Wohnzimmer gemütlich. Nachdem die Beamten gegangen waren und das Wohnzimmer aufgeräumt worden war, zündete Tristan ein Feuer im Kamin an. Helga öffnete eine Flasche Rotwein und stellte zwei Gläser auf den Sofatisch.

»Kommst du?« Helga füllte die Gläser und machte es sich auf dem Sofa gemütlich.

Tristan setzte sich zu seiner Freundin und sie kuschelten sich aneinander. Für einen Augenblick genossen sie die Ruhe und hörten dem Knistern des Feuers zu. Marlowe knabberte an einem Keks auf seiner Kletterstange und wirkte zufrieden.

»Was für ein Kaffeekränzchen«, sagte Helga leise.

»Das wird in die Annalen der Kaffeekränzchen eingehen«, meinte Tristan ernst.

»Das wird es«, nickte Helga und grinste. »Hast du Pfeiffers Gesicht gesehen, wie er verzweifelt die Tasse festhielt?«

»Ich hätte loslachen können, wenn da nicht deine Freundinnen so aufgeschreckt worden wären«, antwortete Tristan.

»Ja, Petra wird das nicht so schnell vergessen«, sagte Helga und nippte an dem Rotweinglas.

»Er hätte sich auch anmelden können«, sagte Tristan verstimmt.

»Steht Pfeiffer unter Druck?« fragte sie nachdenklich.

»Ich denke, ja. Die Bosse werden ihm Druck machen. Ich meine, was da im OP passiert ist, das darf man gar nicht laut sagen.«

»Du hast mir noch gar nicht erklärt, was genau passiert ist«, stellte Helga fest.

Tristan nickte und fasste die Ereignisse zusammen.

»Das ist jetzt nicht dein Ernst«, empörte sich Helga. »Da hat jemand gefälschte Sägeblätter benutzt! Werden die extra für so einen Betrug hergestellt?«

»Ja, so wie bei Autoersatzteilen«, antwortete Tristan.

»Das ist kriminell«, zischte Helga.

»Du sagst es! Und dann diese Sache mit den Blumen des Kanzlers.« Tristan nahm einen Schluck Wein.

»Wie willst du dem Kanzler nachweisen, dass er von Fleckensteins Allergie gewusst hat?«

»Keine Ahnung«, stöhnte der Detektiv. »Ich wüsste ja noch nicht mal, warum der Kanzler Fleckenstein töten sollte. Da hätte die Klinikleiterin des Stadtkrankenhauses schon eher ein Motiv.«

»Du meinst, nur weil dieser Professor das Krankenhaus verlassen wollte?« Helga schüttelte den Kopf. »Nein, das glaube ich nicht.«

»So eine medizinische Koryphäe zieht eine Menge Patienten an, die ein so großes Krankenhaus auch dringend braucht.«

»Ja, aber deshalb einen Mord begehen? Es ist doch nur ein Job für diese Brenner«, meinte Helga. »Oder hatte sie was mit dem Fleckenstein?«

»Du fragst Sachen!« wunderte sich Tristan. »Allerdings bringt mich das auf was.«

»Wage es nicht, aufzustehen«, warnte sie.

»Ich wollte etwas im Internet nachschauen«, antwortete Tristan verstimmt.

»Das kannst du auch von hier aus«, antwortete Helga und kramte ihr Handy hervor.

»Wie groß ist das denn!« staunte der Detektiv. »Und wo hast du das versteckt?«

»Das Display ist ganz angenehm. Und meine Handtasche ist groß genug«, grinste sie und deutete auf die Tasche, die neben dem Sofa auf dem Boden lag. »Was willst du nachschauen?«

»Agnes meinte, dass Fleckenstein mit dem Klinikleiter des St.-Josef-Krankenhauses im Klinsch lag. Sieh mal nach, ob du was unter Trapp versus Fleckenstein findest.«

Helga tippte die beiden Namen ein und sagte: »Oh, ja, da gibt es eine Menge Einträge.«

Sie überflog die Beiträge und sagte dann: »Das hier dürfte es sein. Fleckenstein hat einen wissenschaftlichen Artikel von Zachariah Trapp als empirischen Schwachsinn eines Verwaltungsbeamten bezeichnet. In weiteren Artikeln wird Trapp von mehreren Medizinern dann mit einem Shitstorm niedergemacht. Ich glaube, das hat dem Mann nicht gut getan.«

»Dann hätten wir hier ein echtes Rachemotiv«, überlegte Tristan. »Nur, wie soll der Mann die Hüft-OP sabotiert haben?«

Noch ehe er den Satz ganz ausgesprochen hatte, fiel ihm eine Begegnung ein.

»Oh, mein Gott!« rief er und richtete sich abrupt auf, was Helga gar nicht gefiel. »Trapp hat diese Narkoseärztin benutzt!«

Helga verstand nicht genau, was ihr Freund meinte, doch an seinem Gesichtsausdruck erkannte sie deutlich, dass er eine neue Spur gefunden hatte.

4. Der Wind zerrte an …

Freitagvormittag

Der Wind zerrte an den Fensterläden des Schlafzimmers. Sie klapperten gegen den gusseisernen Riegel, der sie in Position hielt. Tristan wurde von dem Geräusch geweckt. Leise verließ er das Bett, um die Verriegelung zu überprüfen. Helga stöhnte und drehte sich einmal um. Tristan hielt inne, bis seine Freundin wieder gleichmäßig atmete, dann erst öffnete er das Fenster und überprüfte die Riegel. Das Klappern hörte auf. Zufrieden schloss er das Fenster wieder. Er griff seine Kleidung und ging einen Stock tiefer ins Badezimmer.

Das Badezimmer war mit einem Waschbecken, einer Dusche und einer Badewanne, die Tristans ganzer Stolz war, ausgestattet. Man hatte mit viel handwerklichem Geschick die Wanne untergebracht. Er stellte sich ans Waschbecken, nahm Rasierseife und Pinsel aus dem Spiegelschrank und überprüfte die Rasierklinge. Dann seifte er sich mit Seife die Bartstoppeln ein. Dabei begannen seine grauen Zellen langsam auf Touren zu kommen. Er ging in Gedanken die Überlegungen des Vorabends noch einmal durch, bis er eine Entscheidung traf.

»Dann werden wir heute mal einen weiteren Krankenhausbesuch absolvieren«, murmelte er vor sich hin.

»Bist du krank?« fragte Helga verschlafen hinter ihm. »Mensch, diese Holzläden können einen Krach machen.«

»Ich hatte sie festgeklemmt«, wunderte sich Tristan.

»Anscheinend nicht genug«, antwortete seine Freundin und schob sich an ihm vorbei zur Dusche. »Solltest du mal reparieren.«

Sie ließ die Kleidung fallen und schlüpfte unter die Dusche.

Tristan rasierte sich zu Ende und legte ein Badetuch zurecht.

»Reichst du mir mal ein Handtuch!« Helgas rechte Hand schwebte zwischen Duschkabinentür und Badezimmer in der Luft.

Tristan reichte ihr das Badetuch und wenig später trat sie eingehüllt in das Tuch aus der Dusche.

»Was hast du heute vor?« fragte sie, während sie ein weiteres Handtuch geschickt um ihre störrischen Haare wickelte.

Tristan putzte sich gerade die Zähne, und so war seine Antwort ein undeutliches Nuscheln. Erst als er den Mund ausgespült hatte, verstand ihn seine Freundin.

»Ich werde den Klinikleiter des St.-Josef-Krankenhauses besuchen«, antwortete er deutlich.

»Diesen Zachariah Trapp?« antwortete Helga.

»Genau, Schatz«, lächelte er. »Und du, was ist deine Tagesplanung?«

»Morgen erwarte ich eine große Wandergruppe, deshalb werde ich heute noch Einiges einkaufen müssen«, überlegte sie laut. »Ich werde nicht auf Marlowe aufpassen können.«

»Das wird ein Problem werden. Ich glaube nicht, dass ich ihn mit ins Krankenhaus nehmen darf.«

»Das denke ich auch«, grinste sie.

»Ich möchte Erich nicht schon wieder bitten«, murmelte der Detektiv nachdenklich.

»Was ist mit deiner Nichte?« schlug Helga vor. »Ich weiß zufällig, dass sie heute in Siegen ist. Es sind Herbstferien.«

»So?! Woher weißt du das denn?« Tristan musterte Helga kritisch, sogar ein wenig neidisch.

»Über WhatsApp«, antwortete sie amüsiert.

»Ihr schickt euch Nachrichten?« wunderte sich Tristan immer mehr.

»Sie ist eine junge Frau. Und so alt bin ich nun auch noch nicht«, erwiderte sie. »Jedenfalls kann ich sie fragen, ob sie auf Marlowe aufpasst.«

»Also gut«, nickte Tristan, »wenn Sara das machen könnte, wäre es eine große Hilfe.«

»Es wird dich etwas kosten«, grinste sie schelmisch. »Das Leben als junge Frau ist teuer.«

»Damit komme ich klar«, meinte der Detektiv.

»Gut, dann schicke ich ihr mal eine Anfrage«, sagte Helga und tapste aus dem Badezimmer hoch ins Schlafzimmer, wo sie ihre Kleidung liegengelassen hatte.

Tristan beendete seine Morgentoilette. In Gedanken schritt er ins Wohnzimmer, begrüßte sein Haustier und schlenderte weiter in die Küche. Ohne groß über sein Handeln nachzudenken setzte er Kaffee auf, deckte den Frühstückstisch, bis er feststellte, dass die Brötchen fehlten. In dem Moment klopfte jemand von außen an die Sprossenfenster der Küche.

Tristan öffnete das Fenster und ein kalter Wind blies herein.

»*Morje* Tristan«, grüßte Erich Roth. »Gemeinsames Frühstück? Habe frische Brötchen dabei!«

»Erich, dich hat der liebe Gott geschickt«, antwortete Tristan.

»Das will ich doch meinen«, antwortete der Diakon. »Ist die Haustür offen?«

»Nein, warte, ich mache gleich auf.« Tristan eilte aus der Küche in die Diele.

Seit er einmal in der Nacht überfallen worden war, schob der Detektiv nun vor dem Zubettgehen einen schweren Eisenriegel vor. Helga drängte ebenfalls auf mehr Sicherheit, was endgültig zum Einsatz des Riegels geführt hatte.

Tristan schob den schweren Riegel zurück und ließ Erich mit der Tüte eintreten. In der Diele breitete sich der Duft frischer Brötchen aus.

»Ist Helga auch da?« fragte Erich. »Oder wem gehört der Panda?«

»Ja, sie ist oben«, antwortete Tristan und rief: »Helga, wir haben Besuch! Erich ist mit frischen Brötchen gekommen.«

»Bin gleich soweit«, antwortete sie.

»Dann lass uns in die Küche gehen«, schlug Tristan vor.

»Nach dir«, meinte Erich, der bei den niedrigen Decken aufpassen musste, sich nicht den Kopf zu stoßen.

In der Küche nahm der Zwei-Meter-Mann auf der Eckbank Platz. Wie er es schaffte, seine Beine unter den Tisch zu falten, blieb sein Geheimnis. Saß er einmal, gehörte ihm die Eckbank sozusagen alleine. Tristan und Helga hatten ihre festen Plätze auf zwei Küchenstühlen.

Der Detektiv stellte noch eine Tasse und ein Brettchen auf den Tisch, verteilte Messer und Teelöffel und sah nach dem Kaffee.

Helga betrat die Küche und meinte: »Der Turban stört dich doch nicht, Erich?«

»Nein, keineswegs«, antwortete der Diakon. »Pass bloß auf, dass du dich bei dem Wetter nicht erkältest.«

Helga nickte und setzte sich.

Tristan verteilte den Kaffee und sah kurz zu Marlowes Kletterstange. In seinem Fressnapf lag noch ein halber Keks, was den Kakadu aus der Küche fernhalten würde. Dann setzte sich auch der Detektiv und sie frühstückten.

»Was macht dein neuer Fall?« fragte Erich, nachdem er ein Brötchen mit Käse belegt hatte.

»Es ist kompliziert«, antwortete Tristan und fasste für seinen Freund die momentanen Ermittlungsergebnisse zusammen.

»Das ist ganz schön abgedreht«, bemerkte Erich. »So was ist dir in den ganzen Jahren noch nicht untergekommen, oder?«

»Nein, wer denkt denn schon an eine OP-Sabotage?« antwortete Tristan.

»Das muss von langer Hand geplant worden sein«, sagte Helga. »Da hat sich jemand richtig Mühe gemacht. Da muss viel Hass im Spiel sein.«

»Wieso Hass?« fragte Erich.

»Na, wegen Geld hat man den Mann sicherlich nicht umgebracht«, antwortete Helga.

»Da bin ich mir nicht sicher«, meinte Tristan. »Immerhin sprechen wir hier von jährlich 6,5 Millionen Euro Fördergeldern.«

»Aber die streicht doch keiner persönlich ein«, erwiderte Helga. »Die müssen doch ordentlich verbucht und abgerechnet werden. Wer sollte davon profitieren?«

»Das versucht Pfeiffer gerade herauszubekommen.« Tristan füllte seine Tasse erneut auf. »Dieser Kanzler Haberland erwähnte etwas von Kosten.«

»Der Kanzler der Universität kommt an die Fördergelder doch bestimmt nur indirekt heran«, antwortete Helga. »Zum Beispiel, wenn er Seminarräume für die angehenden Mediziner bauen will.«

»Davon sprach er«, nickte Tristan.

»Ich bleibe dabei, hier geht es nicht um Geld. Wenn doch, dann nur am Rande.« Helga biss kräftig in ihr Brötchen und meinte: »Diese Henriette Brenner könnte ihre Karriere gefährdet sehen. Als Frau ist sie weit gekommen. Fleckenstein wollte gehen, was sagt das über die Klinikleitung aus? Hast du das mal überdacht?«

»Natürlich, Helga«, nickte Tristan.

»Sie hatte die Mittel und wusste, wann Fleckenstein die Hüft-OP ansetzen würde«, führte Helga weiter aus.

»Ja, aber allein hätte sie das nicht schaffen können«, erwiderte Tristan. »Sie musste das falsche Sägeblatt in den OP-Saal schmuggeln, das Blutplasma austauschen und nicht zu vergessen, musste sie Fleckenstein den Blutverdünner unterschieben.«

»Was für einen Blutverdünner?« fragte Erich neugierig.

»Nach dem Obduktionsbericht hat man Fleckenstein über einen längeren Zeitraum ein Medikament untergeschoben, das die Blutgerinnung verhindert. Deshalb konnten die Ärzte dem Mann auch nicht mehr helfen. Er verblutete«, erklärte Tristan.

»Ich sagte ja, da ist eine Menge Hass im Spiel«, bemerkte Helga. »Diese Brenner hätte ihm den Tee mit dem Blutverdünner anreichern können.«

»Wenn er Tee trank«, antwortete Erich mit einem Lächeln und wendete sich an Tristan. »Dieser Spur bist du noch nicht nachgegangen?«

»Nein, das falsche Sägeblatt hat meine Aufmerksamkeit gebunden. Natürlich auch der falsche Blutbeutel«, antwortete der Detektiv. »Wenn man doch mehr über diesen Fleckenstein herausbekommen könnte, als es in Wikipedia zu lesen gibt.«

»Du hast im Internet recherchiert!« rief Erich erstaunt.

»Ja, ich gehe mit der Zeit«, nickte Tristan ein wenig pikiert. »Aber auch das große Internet hilft nicht immer weiter.«

»Was hast du über Fleckenstein gefunden?« wollte Helga wissen.

»Nichts Besonderes, eine Auflistung seiner beruflichen Stationen, dass er von seiner Frau getrennt lebt und eine weitere Liste all seiner Auszeichnungen. Das war es!« Tristan seufzte laut und schüttelte den Kopf.

»In meiner Gemeinde engagiert sich ein Mann, von dem ich weiß, dass er gerade an einem Heimatbuch über berühmte Siegerländer Ärzte arbeitet. Vielleicht kann er dir weiterhelfen.«

»Das wäre eine Möglichkeit«, dankte Tristan.

Helgas Handy gab einen Ton von sich, der wie ein Glöckchen klang.

»Oh, das wird Sara sein«, sagte Helga und stand auf. Ihr Handy lag auf dem Esstisch im Wohnzimmer.

»Und was schreibt sie?« fragte Tristan, als Helga die Nachricht gelesen hatte.

»Sie ist in zwei Minuten hier«, antwortete sie.

»Seit wann ist sie in Siegen?« wunderte sich Tristan.

»Das frage ich mich auch«, erwiderte Helga und zog ihre Augenbrauen zusammen. »Sie wird doch nicht in Siegen übernachtet haben.«

»Äh, was meinst du? Sie kennt doch niemanden hier«, meinte der Detektiv.

»Natürlich kennt sie Leute aus Siegen, sie ist keine 12 mehr«, antwortete Helga entschieden. »Ich befürchte nur, dass sie nicht bei einer Freundin übernachtet hat.«

»Oh«, stieß Tristan aus. »Das wird meiner Schwester gar nicht gefallen.«

2

Sara Köhler, Teenager und Tristans Nichte, schlenderte die Barstewende hinunter. Ihre schwarzen langen Haare waren mit einer Strickmütze bedeckt, die den einsetzenden Regen nur bedingt abhielt. Das störte die attraktive junge Frau kein bisschen. Sie blickte auf ihr Handy und fluchte leise vor sich hin, da sie gerade ihre Nachrichten durchsah.

»Dieser Idiot«, fauchte sie und hätte das Handy gerne auf den nassen Pflasterboden geworfen. Doch sie beherrschte sich und erreichte Tristans Haus.

»Na, dem werde ich es noch zeigen«, knurrte sie und klopfte gegen die alte Eichenhaustür.

Sie kannte die Marotten ihres Onkels und deshalb wartete sie erst gar nicht, dass er ihr öffnete. Sie wusste, dass die Tür nicht verschlossen war.

»Hallo, Leute, ich bin da!« rief sie in der Diele.

»Wir sind in der Küche«, antwortete Helga.

Sara entledigte sich der nassen Strickmütze und tapste in die Küche.

»Morgen«, grüßte sie, als ginge es sie nichts an. »Oh, frische Brötchen! Darf ich!«

Sie quetschte sich neben Erich und sah zu ihrem Onkel.

»Brauchst du das noch?« Sie deutete auf Tristans Brettchen und Messer.

»Bedien dich«, antwortete der Onkel. »Hast du noch nichts gefrühstückt?«

»Nee, bin früh aufgebrochen«, antwortete Sara und begann ein Brötchen zu teilen.

»Von Walpersdorf?« fragte Tristan.

»Was?! Nein, ich habe bei einer Freundin übernachtet«, antwortete sie und schmierte sich dick Marmelade auf eine der Brötchenhälften. »Und bevor du dich aufregst, Mama weiß Bescheid.«

»Okay, ich rege mich nicht auf«, antwortete Tristan gekränkt.

Sara sah zu Erich und grinste. »Er hat sich aufgeregt, nicht wahr, Erich? Du weißt, dass du als Kirchenmann nicht lügen darfst.«

»Du bist groß geworden«, antwortete Erich ausweichend.

Sara zuckte mit der Schulter. »Du hast die Frage aber nicht beantwortet.«

»Er hat sich aufgeregt«, gab Erich zu und stellte eine Frage, die Sara überraschte.

»Hast du bei einem Jungen übernachtet?« Der Diakon sah sie eindringlich an.

»Was!? Wie?!« Ihre großen braunen Augen hätten Bambis Eltern schwach werden lassen. »Natürlich nicht! Ehrlich!«

Helga räusperte sich. »Du hast hier keine Feinde.«

»Weiß ich, aber ehrlich, ich bin 17 und keine Idiotin«, maulte sie und aß weiter.

»Dann wäre das ja geklärt«, nickte Tristan und hätte gerne das Thema gewechselt, doch Sara setzte noch einen drauf.

»Dieser Idiot von Karl hatte Schiss vor seinen Eltern.« Sie schüttelte den Kopf. »Der kann mich mal.«

Tristan schaute irritiert zu Helga.

»Wer ist Karl?« hakte er nach.

»War! Er war mein Freund«, antwortete sie trocken.

»Oh«, stöhnte Tristan.

»Wann willst du los?« Sie wechselte das Thema schneller als ein Verwandlungskünstler sein Kostüm. »Ich habe bis um vier Uhr Zeit, dann müsste ich den Bus nach Hause nehmen.«

»Ich fahre dich nach Hause«, antwortete Tristan schnell. »Sobald ich wieder zurück bin.«

»Auch gut« nickte sie. »Darf ich dein WLAN benutzen? Spare damit Datenvolumen.«

»Ja, das Passwort gebe ich dir gleich«, nickte der Detektiv.

»Super«, lächelte Sara.

»Wenn du willst, kannst du mit Marlowe rüber in die Kirche kommen«, bot Erich an, »ich habe da zwar kein WLAN, aber einen direkten Draht zu dem da oben.«

Sara starrte Erich einen Augenblick an und lachte plötzlich los. »Guter Spruch, direkter Draht nach oben. Ich überlege es mir, Erich. Aber danke. Tristan, hättest du was dagegen, wenn ich meine beste Freundin einladen würde?«

»Äh, nein«, antwortete der Detektiv.

Das Frühstück war beendet. Erich verabschiedete sich und ging in die Sakristei der Marienkirche. Sara half Tristan den Tisch abzuräumen, während Helga im Wohnzimmer eine Einkaufsliste zusammenstellte.

»Und es macht dir nichts aus, wenn ich eine Freundin einlade?« fragte Sara zum wiederholten Male.

»Nein, solange es eine Freundin ist und kein Freund«, antwortete Tristan. »Du musst hier nicht den ganzen Vormittag allein mit Marlowe hocken.«

»Das ist super«, lächelte sie.

Als Nächstes verließ Helga das Haus. Sara lümmelte sich in einen der Lesesessel, während Marlowe auf ihrer Schulter saß und ihr liebevoll am Ohr knabberte. Sie ließ es sich gefallen und checkte ihre Nachrichten.

Marlowe liebte Tristans Nichte. Der Kakadu hatte Sara und ihren Bruder, Sebastian, aufwachsen sehen. Elisabeth, Tristans Schwester, hatte Marlowe immer mit kritischem Auge beobachtet, wenn er in der Nähe der Kinder verweilte. Doch der Kakadu hatte nicht einmal eines der Kinder verletzt oder angegriffen. Vielmehr musste Elisabeth die Kinder daran erinnern, dass Marlowe ein Lebewesen und kein Kuscheltier war.

»Sara, ich mache mich auf den Weg«, sagte Tristan schließlich.

»Okay, bis später«, raunte sie und blickte kurz auf.

»Fackel das Haus nicht ab«, scherzte Tristan und schloss die Tür hinter sich.

Das St.-Josef-Krankenhaus lag am Fuße des Siegberges. Es war mit dem Borgward eine kurze Fahrt über die Löhrstraße, vorbei am Klubb und entlang der Marburger Straße den Kampen hinunter. Die Herausforderung stellte sich erst bei der Ankunft. Das alte Krankenhaus stand mitten in der Innenstadt. Parkplätze suchte man so vergebens wie Goldnuggets nach dem großen Goldrausch. Tristan steuerte das Parkhaus dennoch an. Er wurde für seinen Mut belohnt. Im Parkhaus waren noch ein paar Plätze frei.

»Hoffentlich stößt mir keiner eine Delle in die Karosserie«, murmelte er mit Blick auf die engen Stellplätze.

Vom Parkhaus führte ein Fußweg direkt in das Foyer des Krankenhauses. Der Detektiv orientierte sich und fand schließlich ein Hinweisschild. Wenig später stand er im Vorzimmer der Klinikleitung und stellte sich vor.

»Guten Tag, mein Name ist Irle, Privatdetektiv. Ich hätte gerne Herrn Trapp gesprochen.«

»Guten Tag«, erwiderte Trapps Sekretärin. »Haben Sie einen Termin?«

»Nein, habe ich nicht«, antwortete er freundlich, »aber es ist wichtig.«

»Ich will mal hören, ob er Zeit hat«, antwortete sie und stand auf. »Warten Sie hier bitte.«

Sie ging an eine Verbindungstür, klopfte kurz, öffnete sie und verschwand. Wenige Augenblicke später wurde die Tür aufgerissen und ein gut gekleideter, schlanker, großer Mann stürmte auf Tristan zu.

»Herr Irle, mein Name ist Trapp«, grüßte er aufdringlich, »was kann ich für Sie tun?«

Er führte Tristan in sein Büro und bat seine Sekretärin, ihn jetzt nicht zu stören.

»Bitte, setzen Sie sich doch«, er deutete auf einen Sessel vor seinem Schreibtisch. »Was für ein schreckliches Unglück.« Ein lauter Seufzer durchquerte das Büro. »Wir sind alle zutiefst betroffen.«

»So«, antwortete der Detektiv. »Es heißt aber, Sie seien nicht gerade die besten Freunde gewesen.«

»Fleckenstein und ich!?« Trapp blickte auf die Schreibtischplatte und raunte: »Ja, wir waren keine Freunde. Ich wäre aber gerne ein Freund von Fleckenstein gewesen. Das gebe ich zu.«

»Ich habe etwas recherchiert und herausgefunden …«, sagte Tristan und wurde von Trapp unterbrochen.

»… sagen Sie es nicht«, fauchte er. »Ich kann es nicht mehr hören. Dieser Streit um meine Forschungsarbeit hat viel zerstört.«

Tristan nickte und für einen Augenblick schwiegen beide.

»War Fleckensteins Kritik berechtigt?«

»Nein, das war sie nicht«, knurrte Trapp und Tristan spürte, dass der Klinikleiter auf Distanz ging. »Der Herr Professor ignorierte die Beweisführung, weil sie nach seiner Ansicht unprofessionell dargelegt war.«

»Um welches Thema ging es?« fragte Tristan und ergänzte: »Wissen Sie, in all den Beiträgen zu Fleckensteins Kritik und Ihrer Reaktion auf diese ist nie auf die eigentliche Arbeit eingegangen worden.«

»Sie sind einer der Wenigen, denen das aufgefallen ist.« Trapp sah dem Detektiv zum ersten Mal direkt in die Augen. »Es ging um die Belastung von Ärzten im Praktischen Jahr, dem sogenannten PJler.«

»Das sind Ärzte in der Ausbildung?«

»Ja, das ist korrekt.« Trapp lächelte zum ersten Mal. »Sehen Sie, als Klinikleiter fühle ich mich für alle verantwortlich, obwohl normalerweise der Ärztliche Direktor für das Personal verantwortlich ist. Mir war aufgefallen, dass die Belastung der PJler außergewöhnlich hoch in Zeiten von Personalengpässen wurde. Parallel zur erhöhten Belastung wuchsen auch die Behandlungsfehler.«

Tristan zog die Augenbrauen nach oben und stöhnte auf.

»Bitte, verstehen Sie das nicht falsch«, beeilte sich der Klinikleiter zu erklären. »Keine schlimmen Behandlungsfehler oder gar lebensbedrohliche. Hier wurde mal eine Naht zu hastig genäht, da mal eine Spritze zu schnell verabreicht. Ich begann eine Liste mit diesen kleineren Behandlungsfehlern aufzustellen und sie mit dem Personalplan abzugleichen. Dann habe ich im Haus eine empirische Studie mithilfe von Schwestern und Pflegern durchgeführt. Streng anonymisiert, versteht sich, und die Ergebnisse schließlich veröffentlicht. Ziel war es, mit der Studie auf den Druck der PJler aufmerksam zu machen und gegen einen Trend zu steuern.«

»Was für einen Trend?«

»Das muss jetzt aber unter uns bleiben«, raunte Trapp und sein Blick verriet dem Detektiv, dass der Mann sich auf Tristan verlassen würde.

»In Ordnung«, nickte Tristan.

»Es gab Anzeichen von Drogenmissbrauch«, sagte Trapp nachdenklich. »Die jungen Ärzte geraten an ihre körperlichen Grenzen und müssen hundertprozentig funktionieren. Da schaut der eine oder andere schon mal nach Aufputschmitteln.«

»Kokain?«

Trapp nickte und meinte: »Oder vergleichbare Stoffe.«

»Das hat Fleckenstein empört«, nahm Tristan an.

Trapp nickte wieder und seine Stimme wurde lauter. »Wissen Sie, Fleckenstein gehörte zu der Sorte Mensch, der gerne als Gott in Weiß bezeichnet wurde. Jede Kritik an seiner Zunft schien er persönlich zu nehmen. Deshalb war er so aggressiv, als er gegen meine Studie vorging.«

Tristan nickte und fragte: »Hatte dieser Streit Auswirkungen auf Ihre Arbeit?«

»Zum Glück hat sich der Krankenhausträger hinter meine Person gestellt«, stöhnte Trapp. »Sonst hätte ich den Job verloren.«

»Sie haben von der misslungenen Hüft-OP gehört?« Tristan schwenkte langsam um auf seine eigentlichen Fragen.

»Frau Henkel, die als Narkoseärztin bei der OP dabei war, berichtete mir.« Trapp antwortete ruhig und sachlich.

»Wir, die Polizei und ich, gehen davon aus, dass die Operation von langer Hand sabotiert wurde.«

»Oh, das höre ich jetzt zum ersten Mal. Wie soll das vonstattengegangen sein?« In Trapps Augen blitzte so etwas wie Belustigung auf.

»Es amüsiert Sie der Gedanke, dass jemand die Operation sabotiert hat?« Tristan blickte den Klinikleiter vorwurfsvoll an.

Trapp schüttelte den Kopf.

»Herr Irle, haben Sie eigentlich eine Vorstellung davon, wie viele Menschen Sie einbeziehen müssen, damit eine Sabotage gelingen kann, die ein solches Ergebnis bringt wie die Hüft-OP von Fleckenstein?« Trapp atmete tief ein und erklärte weiter: »Wenn Sie mich fragen, dann sage ich Ihnen, da sind ein paar unglückliche Ereignisse zusammengetroffen. Es gab keine Sabotage!«

»Aber Sie hätten doch zum Beispiel die gefälschten Sägeblätter bestellen können«, konterte der Detektiv.

»Wie blöde wäre das denn! Diese Sägeblätter lassen sich zurückverfolgen. Sie werden eingescannt und in einem System verwaltet, das jeden Zugriff dokumentiert. Und vergessen Sie nicht, ich bin Klinikleiter im St.-Josef-Krankenhaus, nicht im Stadtkrankenhaus, also wie hätte ich das ganze Zeug in den OP-Saal bekommen sollen?«

»Sie hatten eine Helferin«, antwortete Tristan.

»Oh, jetzt arbeiten Ihre grauen Zellen, das sagt man doch, graue Zellen, also die arbeiten in die falsche Richtung. Dr. Henkel hat ihr Bestes gegeben, damit der Professor am Leben bleibt. Sie wurde nicht umsonst von Fleckenstein ausgewählt.«

»Wie erklären Sie sich dann das Fiasko?«

»Ohne jemanden beschuldigen zu wollen, das Controlmanagement im Stadtkrankenhaus hat versagt. Hätte es funktioniert, dann wären das Sägeblatt und das falsche Blutplasma nicht im OP-Saal gelandet.«

Tristan erwähnte das verabreichte Blutgerinnungsmedikament und die Blumen nicht. Er zückte sein Notizbuch, was Trapp einen Moment verblüffte und notierte sich eine Bemerkung des Klinikleiters.

»Sie würden Ihre Hand für Dr. Henkel ins Feuer legen?«

»Was für ein alberner Vergleich«, schnaufte Trapp.

Tristan sah ihn an und wartete.

»Natürlich vertraue ich Dr. Henkel«, sagte er schließlich. »Sie ist eine absolut kompetente Ärztin.«

3

Die absolut kompetente Ärztin machte gerade eine Pause, als ein Kollege sie ans Telefon rief. Klinikleiter Trapp meldete den Privatdetektiv Irle bei ihr an. Dieses Mal hatte Tristan seinen Überraschungsbesuch nicht umsetzen können. Trapp hatte darauf bestanden, vorab mit Dr. Henkel zu sprechen.

Adina Henkel nahm es gelassen und schlug ein Treffen in dem kleinen Krankenhauscafé vor. Tristan stimmte zu und so saßen sie nun bei einer Tasse Tee und einem Glas Wasser zwischen Patienten und deren Besuchern zusammen.

»Was kann ich für Sie tun?« fragte die attraktive Narkoseärztin. Sie wirkte weder nervös noch angespannt. »Sicherlich wollen Sie nicht die nächste Version der schiefgegangenen OP von mir hören.«

»Wie kommen Sie darauf?« wunderte sich der Detektiv. »Jeder nimmt die Situation unterschiedlich wahr.«

»Nun, wenn es Sie nicht langweilt«, stöhnte sie. »Professor Fleckenstein war bereits leicht sediert, als er in den OP-Saal geschoben wurde. Seine Atemwege waren etwas angeschwollen, was ich fälschlicherweise nicht als allergische Reaktion interpretiert habe sondern ignorierte, da es zu keinen Komplikationen führte. Die Vitalwerte befanden sich im grünen Bereich, bis das Sägeblatt brach. Es hätte fast noch Eric Ackermann, den PJler, getroffen. Danach brach das Chaos aus. Das Sägeblatt hatte eine zerfetzte Wunde verursacht und sie blutete stark. Professor Fleckensteins Kreislauf brach zusammen und ich veranlasste, Blutplasma zu geben. Aus welchem Grund auch immer wurde das falsche Plasma verabreicht und der Patient verstarb.«

»Ihnen sind keine Fehler der anderen Ärzte aufgefallen?« Tristan spielte mit seinem Notizbuch.

»Welche Fehler?« Adina spielte die Unwissende.

»Wie konnte die Aorta verletzt werden? Verläuft sie doch hinter dem Hüftknochen, wenn der Patient auf der Seite liegt.«

»Nun, das kann ich Ihnen nicht beantworten«, erwiderte sie schnell. »Ich stehe nicht direkt neben der Hüfte des Patienten sondern am Kopf.«

»Könnte Dr. Olenberg einen Fehler gemacht haben?« Tristan nippte an seinem Wasserglas.

»Einen Kollegen zu beschuldigen gehört sich nicht«, antwortete Adina freundlich. »Wenn jemand etwas gesehen hat, dann war das Eric Ackermann, der Arzt im Praktischen Jahr. Er stand direkt gegenüber von Olenberg.«

»Was ist mit diesem Chefarzt Franz Frisch?« Tristan las den Namen aus seinem Notizbuch ab.

»Wenn er bis jetzt keine Kritik an Olenbergs Handeln geäußert hat, dann wird er keinen Fehler gesehen haben«, sagte sie überzeugt.

Tristan nickte.

»Wie kam es überhaupt zu der Zusammensetzung?«

»Sie meinen die Zusammensetzung des OP-Teams?«

»Ja!«

»Oh, das ist doch für jeden klar«, meinte Adina und lächelte. »Ach, nein, das können Sie ja nicht wissen.«

Tristan blickte die junge Ärztin missbilligend an. »Bitte, erklären Sie es mir.«

»Olenberg ist nach Fleckenstein der beste Chirurg im Umkreis von 200 km und darüber hinaus auch akademisch erfolgreich. Er wird wahrscheinlich Fleckensteins Nachfolge antreten und Dekan der Lebenswissenschaften werden. Edgar Arens gehört zu den geschätzten Pflegern in allen drei Siegener Krankenhäusern. Er ist Ausbilder und Verfasser zahlreicher Ratgeber, was Krankenpflege betrifft. Wenn sich ein Professor die Besten ins Team holt, dann gehört er dazu. Und ich, nun, Eigenlob stinkt, aber seien Sie versichert, dass meine akademischen Meriten in Fachkreisen diskutiert werden. Speziell bei der Narkotisierung von Kindern habe ich ein paar Durchbrüche in der Behandlung gemacht. Und bevor Sie fragen, warum ich nicht im Kinderkrankenhaus arbeite: Ich forsche in meiner Freizeit, das kostet dem Kinderkrankenhaus nur das Material und keine Arztstelle.«

»Jetzt verstehe ich. In der Medizinwelt sind Sie allesamt bekannte Personen.«

»Ja, so kann man das ausdrücken«, nickte Adina.

»Umso schlimmer könnte es Ihrem Ruf schaden, wenn sich herausstellt, dass Sie Mist gebaut haben.« Tristan sah die Ärztin herausfordernd an.

»Mist gebaut?!« Adina schnaufte. »Da hat jemand die OP sabotiert. Wir im OP haben alles gegeben, um das Leben von Professor Fleckenstein zu retten. Eine höhere Macht sah das aber nicht vor.«

Adina stand auf.

»Sie entschuldigen mich jetzt bitte, ich habe noch zu arbeiten.«

Tristan stand ebenfalls auf.

»Natürlich, danke für Ihre offenen Bemerkungen«, antwortete der Detektiv.

Adina Henkel rauschte durch das Café zurück auf ihre Station. Tristan setzte sich wieder und notierte eine kleine Zusammenfassung des Gesprächs in sein Notizbuch. Ihm war bis zu diesem Zeitpunkt nicht klar gewesen, dass Fleckenstein wirklich die Besten für seine OP zusammengetrommelt hatte. Es sah fast so aus, als hätte der Professor mit diesem Dream-Team eine Vorsichtsmaßnahme getroffen, um Unwägbarkeiten auszugleichen. Leider konnten auch die Besten nur mit dem arbeiten, was an Material vorhanden war. Und dieses Material war gefälscht und ausgetauscht worden.

Stöhnend lehnte er sich zurück und fragte sich: »Wie hat der Mörder das alles planen können? Und, wenn alle in ihrem Fach die Besten waren, wird da einer es wagen, den anderen zu belasten?«

4

Belastend fand Hauptkommissar Norbert Pfeiffer den Anruf von Staatsanwalt Friedrich Büdenbender. Der Mann erwartete Ermittlungsergebnisse, die der Kommissar momentan nur in sehr dürftiger Ausführung vorlegen konnte.

»Was macht der Geldstrom?« fragte er ungehalten Affolderbach.

»Der fließt«, antwortete der Jungkommissar frech.

Er saß vor einem Bildschirm und analysierte eine Tabelle, die ihm das Landeskriminalamt zur Verfügung gestellt hatte.

»Wohin?« konterte Pfeiffer, »bitte einen Namen nennen!«

»So wie es aussieht, fließt das Fördergeld auf ein Universitätskonto und auf ein von Fleckenstein eingerichtetes Krankenhauskonto. Vom Krankenhauskonto werden dann alle drei Krankenhäuser versorgt. Das dürfte dann von Fleckenstein organisiert worden sein.«

»Wer ist der Kontowächter des Universitätskontos?« Pfeiffer spielte mit seiner e-Zigarette.

»Kontowächter?!« Affolderbach blickte seinen Chef amüsiert an.

»Na, so wie in Ghostbusters der Torwächter«, erklärte Pfeiffer. »Kennen Sie den Film nicht?«

»War vor meiner Zeit«, antwortete Affolderbach und sein Blick ging wieder auf die Tabelle.

»Dann ist der Kanzler derjenige, der die Gelder kontrolliert«, überlegte Pfeiffer laut.

»Nein, nicht unbedingt«, korrigierte Affolderbach. »Das Konto kann auch zu einem Fachbereich oder einer Fakultät gehören. Wir wissen ja, dass Fleckenstein einen Teil der Gelder an die Krankenhäuser verteilte. Was es mit diesem Uni-Konto auf sich hat, überprüfe ich gerade anhand der Kontonummern.«

»Na, dann beeilen Sie sich mal. Büdenbender will Ergebnisse«, brummte Pfeiffer. »Wo ist eigentlich Holzbaum?«

»Der kümmert sich um das Video«, antwortete Affolderbach.

»Welches Video?!« Pfeiffer steckte die e-Zigarette in sein Jackett.

»Das von der Hüft-OP«, erklärte der junge Polizist, ohne vom Bildschirm aufzusehen.

»Die haben ein Video gedreht, wie praktisch«, nickte Pfeiffer.

»Ist heute Morgen plötzlich aufgetaucht. Henriette Brenner hat es vorbeigebracht.«

»Die Klinikleiterin, so!«

»Ist aber als Beweismaterial heikel«, sprach Affolderbach weiter, »wenn die Beteiligten keine Einwilligung gegeben haben, hat sich da jemand strafbar gemacht.«

»Sie scherzen, die ganze OP war eine Straftat, da regen wir uns doch wegen einer Videoaufzeichnung nicht auf!«

»Wie Sie meinen, Chef«, nickte Affolderbach.

Wenige Augenblicke später betrat Holzbaum das Büro.

»Das müsst ihr euch ansehen«, schoss es aus ihm heraus. »Das Video ist die reinste Horrorshow.«

»Affolderbach meinte, wir können das Filmchen nicht als Beweis benutzen«, ätzte Pfeiffer. »Sieht man den Mörder?«

»Man sieht … ach, seht euch das doch selbst an«, schnaufte Holzbaum, steckte einen USB-Stick in den Computer und startete die Aufnahme.

Das Video begann mit dem Hereinrollen des Patienten.

»Stell den Ton lauter«, forderte Pfeiffer und meinte dann: »Gute Qualität!«

»Frau Brenner erklärte mir, dass der Professor eine Kamera installieren ließ, um Lehrfilme aufzunehmen. Sie hat erst heute Morgen von einem Haustechniker erfahren, dass die Kamera auch die Hüft-OP aufgenommen hat.« Holzbaum schüttelte den Kopf, als das Sägeblatt knapp an Eric Ackermanns Kopf vorbeiflog.

»Irgendwer muss die Aufnahme doch gestartet haben?« überlegte Pfeiffer.

»Brenner geht davon aus, dass es Dr. Olenberg gewesen sein könnte«, antwortete Holzbaum.

»Wow, da spritzt es aber mächtig und die bleiben alle ganz ruhig.« Pfeiffer schien beeindruckt.

»Achtet auf die Krankenschwester«, sagte Holzbaum, »jetzt hängt sie den Plasmabeutel auf.«

»Kann man das heranzoomen?« Pfeiffer blickte auf den Bildschirm.

»Ja, Moment mal.« Holzbaum zog sich die Computertastatur heran und stoppte das Video. Dann spulte er zurück und vergrößerte mit einer Tastenkombination das Bild.

»Gut so, jetzt kann man die Beschriftung des Beutels lesen«, lobte Pfeiffer. Allerdings sagte ihm die Bezeichnung des Beutels gar nichts.

»Kann man das ausdrucken, Holzbaum?«

»Ja, Chef«, nickte er und drückte eine weitere Tastenkombination und irgendwo in dem Büro begann ein Drucker zu laufen.

Unterdessen hatte sich Affolderbach nicht aus der Ruhe bringen lassen und das Konto identifiziert.

»Chef, ich weiß jetzt, wer das Universitätskonto kontrolliert«, sagte er stolz.

»Dieser Tyrion Haberland«, schoss es aus Pfeiffer heraus.

»Nein, es ist der Rektor Lawrence Landau«, antwortete Affolderbach.

»Ja, das nenne ich mal gute Ermittlungsergebnisse!« Pfeiffer warf die e-Zigarette in die Luft, fing sie und grinste breit. »Dann rufen wir mal Büdenbender an. Der wird sich wundern.«

»Äh, was wollen wir dem Staatsanwalt mitteilen?« bremste Holzbaum. »Ich meine, was haben wir denn schon? Ein Video, das beweist, was die Beteiligten ausgesagt haben. Wenn es dicke kommt, dann beweist es sogar, dass Agnes Lehwald den richtigen Beutel benutzt hat. Und dass der Rektor das Fördergeld verteilt, nun, das ist erst einmal auch keine Straftat.«

Pfeiffer schnaufte und sagte: »Da ist was dran!«

»Aber dass das Video erst heute auftaucht, das ist schon verdächtig«, meinte Affolderbach.

5

Tristan erhielt Pfeiffers Anruf im Auto. Er war gerade dabei, aus dem engen Parkhaus zu fahren. Da der Detektiv für den Hauptkommissar einen extra Klingelton eingestellt hatte, hörte er sofort, wer ihn da anrief. Deshalb bremste er den Oldtimer ab und griff nach dem Telefon, das sich in einer Tasche seiner Strickjacke befand.

»Pfeiffer, was gibt es Neues?« Tristan sparte sich die Höflichkeitsfloskel.

Der Beamte bat ihn, schnellstens ins Stadtkrankenhaus zu kommen. Tristan sagte zu. Plötzlich begann hinter ihm ein Hupkonzert. Der Detektiv sah sich um und musste feststellen, dass er den gesamten Verkehr im Parkhaus lahmgelegt hatte. Vorsichtig fuhr er erneut an und zirkelte den Borgward an Pfeilern und parkenden Autos vorbei auf die Straße.

Er machte sich direkt auf den Weg nach Weidenau. Pfeiffer klang ernst am Telefon, was Tristan beunruhigte. Der Hauptkommissar wirkte nur selten ernst. Seine Grundstimmung passte zu einem Draufgänger, zu einem Abenteurer, der gut gelaunt dem Tod ins Gesicht lachte. So wie der Detektiv die Stimmung des Hauptkommissars nach dem Gespräch einschätzte, schien Pfeiffer über etwas nachzudenken. Das gehörte sich nicht. Schließlich will keiner einen *grünen Hulk* sehen, der kleine Einhörner aus Papier faltet. *Hulk,* der Comicriese, musste draufhauen und Pfeiffer hatte blindlings den erstbesten Täter zu verfolgen.

»Da muss was wirklich Schreckliches geschehen sein«, murmelte Tristan und stellte den Oldtimer in dem breiten und komfortablen Parkhaus des Stadtkrankenhauses ab.

Wenig später traf er Pfeiffer mit seiner Mannschaft im Foyer des Krankenhauses.

»Da bin ich, was gibt es Neues?« Er sah aufgeregt zu den Beamten.

»Lasst uns etwas zur Seite gehen«, schlug Pfeiffer vor.

Sie zogen sich in eine Ecke des Foyers zurück. Tristan wurde immer nervöser, weil er keinerlei

Anzeichen einer emotionalen Reaktion bei Pfeiffer feststellte.

»Wir haben heute Morgen ein Video überreicht bekommen«, begann der Hauptkommissar ruhig zu erklären. »Auf dem Video sieht man die komplette Hüft-OP.«

»Was?!« Tristan blickte fragend zu Holzbaum.

Der schwergewichtige Beamte nickte. »Frau Brenner ließ es mir zukommen.«

»Wie, was und wieso erst heute?« Tristan warf die Fragewörter in den Raum.

»Keine Ahnung«, Pfeiffer zuckte mit den Schultern und seine Augen funkelten auf. »Deshalb sind wir hier.«

»Ich habe ja die Vermutung«, erklärte Holzbaum, »dass Brenner das Video erst durch ihren Anwalt abchecken ließ.«

»Sie meinen, damit nichts auf das Krankenhaus zurückfällt?!« Tristan nickte, das machte Sinn. »Und entlastet das Video jemanden oder belastet es?«

»So wie es aussieht hat Schwester Agnes keinen Fehler begangen.« Pfeiffer bekam kaum die Zähne auseinander.

Für Tristan eine beruhigende Reaktion.

»Sie hat das richtige Plasma verabreicht«, ergänzte Holzbaum. »Man kann das Etikett bei einer Vergrößerung gut ablesen.«

»Dann hat jemand nachträglich das falsche Plasma an den Ständer gehängt?« Tristan starrte Holzbaum an. »Ist das auch auf dem Video zu sehen?«

Holzbaum nickte.

»Wir haben den Mörder.« Pfeiffer knurrte den Satz langsam heraus. Er war wieder ganz der Alte.

»Und warum haben Sie die Person noch nicht festgenommen?« wunderte sich der Detektiv.

»Weil wir zuerst mit der Klinikleiterin sprechen müssen.« Holzbaum wedelte mit den Händen. Er schien sich nicht wohlzufühlen.

»Es gibt einen Haken«, stellte der Detektiv fest.

»Ja«, sagte Affolderbach, der die ganze Zeit ein Tablet in der Hand hielt und zugehört hatte. »Die betreffende Person hat die Beutel möglicherweise auf einen Befehl hin ausgetauscht.«

Tristan schüttelte den Kopf. Warum nahm die Polizei diese Person nicht auch gleich fest?

»Sehen Sie selbst.« Affolderbach hielt ihm das Tablet hin und startete das Video. »Ich habe schon mal bis zu der Stelle vorgespult, an dem der Plasmabeutel ausgetauscht wird. Sehen Sie, hier geht die Person zum Kühlschrank und tauscht die Beutel aus.«

Tristan sah sich die Szene nochmals an und verstand nun Holzbaums Zurückhaltung. Man konnte nicht absolut sicher sein, dass ein Befehl gegeben wurde. Zu hören war nichts außer den ruhigen Anweisungen von Olenberg. Aber dafür war die andere Person umso besser zu erkennen.

»Dann lassen Sie uns jetzt zu Frau Brenner gehen«, forderte Tristan.

Henriette Brenner schien die Beamten erwartet zu haben. Ihr Anwalt saß im Büro neben ihr. Nach einer kurzen Begrüßung übernahm der Anwalt das Wort und erklärte die Sachlage.

»Wir haben erst heute Morgen von einem Techniker erfahren, dass die Videokamera im OP 1 eine Aufnahme gemacht hat. Daraufhin hat mich Frau Brenner gebeten, die Aufnahme anzusehen und sie anschließend an die Polizei weiterzuleiten. Was auch geschehen ist. Wir haben das Bildmaterial weder bearbeitet noch gekürzt.«

»Das ist korrekt«, bestätigte Affolderbach. »Habe ein Prüfprogramm drüber laufen lassen.«

»Sie haben den Austausch des Plasmas gesehen, Frau Brenner?« Pfeiffer nahm langsam seine Nickelbrille ab und wischte sie an seinem Hemd sauber.

»Ja, Sie finden ihn im Ruheraum«, antwortete Henriette kalt und fügte bedauernd hinzu: »Ich hätte es nicht für möglich gehalten.«

»Wo befindet sich der Ruheraum?« Der Hauptkommissar war nicht mehr zu bremsen. Er sprang auf und entsicherte sein Pistolenholster. »Irle, wollen Sie mal echte Polizeiarbeit sehen?«

Henriette beschrieb den Weg, dann stürmten drei Polizisten gefolgt von einem Privatdetektiv durch die Krankenhausgänge.

»Eine Sache könnten Sie für mich erledigen«, sagte Tristan hastig, da er mit Pfeiffer Schritt halten wollte.

»Echt jetzt!« zischte der Hauptkommissar. »Was wollen Sie?«

»Ich benötige die Lebensläufe aller OP-Beteiligten«, erklärte er.

»Affolderbach, das erledigen Sie«, befahl Pfeiffer, den das Jagdfieber gepackt hatte.

Sie fanden den Ruheraum und Pfeiffer ließ es sich nicht nehmen, die Tür aufzustoßen und zu rufen: »Eric Ackermann, Sie sind verhaftet!«

Der Arzt im Praktischen Jahr hörte Hauptkommissar Pfeiffer nicht mehr. Mit verschäumtem Mund und blutunterlaufenen aufgerissenen Augen lag sein verkrampfter Körper auf dem Fußboden, während seine Seele den Weg ins Jenseits angetreten hatte.

6

Die schnell herbeigerufenen Ärzte konnten dem Mann nicht mehr helfen. Er starb an einer Überdosis Kokain. Das weiße Pulver lag auf dem Tisch im Ruheraum in kleinen Plastiksäckchen.

»War der Mann Dealer?« wunderte sich Pfeiffer. »Wo hat er das ganze Zeug her?« Mitgefühl für den Toten im Raum kannte der Hauptkommissar nicht. »Damit ist wohl klar, wer für die Sabotage verantwortlich war«, ergänzte Pfeiffer.

»Nicht so voreilig«, mahnte Tristan und sah sich um.

Auf dem Tisch stand ein Becher mit Cola. Daneben eine halb volle Cola-Flasche. Eric hatte noch beide Schuhe an, was Tristan schließen ließ, dass sich der angehende Arzt noch nicht hingelegt hatte oder gerade aufbrechen wollte. Was mehr Sinn machen würde, da Eric wohl kaum Kokain zum Einschlafen genommen hätte. Schließlich war das Zeug ein Aufputschmittel. Der Detektiv verließ den Raum um nachzudenken.

Henriette Brenner eilte mit schnellen Schritten auf ihn zu.

»Ist es wahr?!« rief sie durch den Flur.

»Ja«, bestätigte Tristan.

Die Klinikleiterin verlangsamte ihren Schritt. »Das darf doch nicht wahr sein.«

Tristan sah ihr an, dass sie um ihre Selbstbeherrschung kämpfte.

»Was für ein Unglück«, stöhnte sie laut. »Ich hatte keine Ahnung, dass der Mann Drogen einnahm.«

»Ich denke, das dürfte er geheimgehalten haben«, antwortete Tristan.

»Ist der Fall damit geklärt?« Henriette musterte den Detektiv.

»Für die Polizei wahrscheinlich«, nickte Tristan.

»Und wie sehen Sie das?«

»Finden Sie nicht auch, dass es zu glatt abläuft?«

»Herr Irle, hier läuft nichts glatt ab!« empörte sich Henriette. »Ein angehender Arzt ist tot!«

»Ja, kurz nachdem bei Ihnen ein Video auftauchte, auf dem man den angehenden Arzt eine

Straftat begehen sieht.« Tristan machte eine Pause. »Und jetzt ist er tot. Also, wenn das nicht nach Inszenierung aussieht!«

»Wer soll denn das schon wieder geplant haben?« schnaufte Pfeiffer, der aus dem Ruheraum trat.

»Ihnen empfehle ich, die Spurensicherung kommen zu lassen und die Leiche gründlich zu untersuchen. Mein siebter Sinn sagt mir, dass wir den Fall noch nicht gelöst haben.«

»Sie Miesepeter«, knurrte der Hauptkommissar. »Aber wir gehen auf Nummer sicher und untersuchen alles.«

Tristan nickte und sagte: »Dann werde ich mal Agnes Lehwald mitteilen, dass die Vorwürfe gegen sie aufgehoben sind.«

»Machen Sie das«, antwortete Pfeiffer und griff zu seinem Handy, um die Kollegen der Spurensicherung zu rufen.

Tristan verabschiedete sich von Henriette und verließ das Krankenhaus.

Auf der Fahrt in die Innenstadt begann es zu regnen. Die Scheibenwischer des Borgward quietschten über die Scheibe und hinterließen Schmierstreifen.

»Die muss ich wohl mal auswechseln«, murmelte der Detektiv, während er im Autopilotmodus durch die Stadt steuerte.

Seine grauen Zellen beschäftigten sich mit dem plötzlichen Tod Eric Ackermanns. Ihm fiel das Gespräch mit Trapp ein und dessen Studie über den Druck, den Ärzte im Praktischen Jahr aushalten mussten. »Sollte Ackermann unter diesem Druck Aufputschmittel genommen haben? Und wenn ja, dann einmal zu viel?«

Tristan misstraute Zufällen. Und was ihm heute widerfahren war, ließ in ihm alle Alarmglocken losgehen, die ihn als Detektiv schützten. Am Morgen informierte ihn Trapp, ein Verdächtiger, über eine Studie, die wenige Stunden später auf bittere Weise bestätigt wurde? Ein Video taucht auf, das einen Täter zeigt und wenig später ist der Täter tot? Das Erschreckende daran war, dass Tristan keine Vorstellung davon hatte, wie jemand so schnell beide Informationen in einen Mordplan umzusetzen vermochte. Trapp wusste nichts von einem Video und Tristan bezweifelte, dass jemand im Stadtkrankenhaus Trapps Studie auf der Tagesordnung hatte.

»Also war es doch nur Zufall?« seufzte er laut und erreichte den Hof hinter der Marienkirche.

Das Haus stand noch, also hatte Sara es nicht abgefackelt. Ein beruhigender Gedanke nach der ganzen Aufregung.

5. Es war auffallend still …

Freitagnachmittag

Es war auffallend still, als Tristan die Diele seines Fachwerkhauses betrat.

»Hallo, Sara, ich bin wieder da«, rief er und hängte seine Strickjacke an die Garderobe.

Keine Antwort. Der Detektiv ging ins Wohnzimmer. Sara lag auf dem Sofa mit Kopfhörern in den Ohren, aus denen laute Musik zu hören war, die von ihrem Handy abgespielt wurde. Marlowe saß auf ihrer Brust und wippte im Takt der Musik hin und her, was den beiden sichtlich Spaß machte.

Tristan wollte sie nicht erschrecken, deshalb blieb er einen Moment im Türrahmen stehen. Sara erblickte ihn und wedelte kurz mit einer Hand. Er nickte, schüttelte den Kopf, wie es nur Erwachsene hinbekamen, die ihren Nachwuchs nicht mehr verstanden, und ging in die Küche. Sara schaltete die Musik aus, was Marlowe überhaupt nicht gefiel.

Der Kakadu sträubte seinen Kamm und brabbelte: »Ich seh Musik ganz in der Ferne / Und höre über mir die Sterne.«

»Deine Musik scheint ihm zu gefallen«, bemerkte Tristan, den Marlowes Kommentar stolz machte, stammte das Zitat doch aus „Großmutters Lied“ von Heinz Erhardt.

Sara gab Marlowe einen Stups, sodass der Kakadu von ihrer Brust abhob und zu seiner Kletterstange flog.

»Ja, besonders die Rave-Musik«, antwortete sie und folgte Tristan in die Küche.

»Hast du was gegessen?« fragte er.

»Nein, hab aber auch keinen Hunger.« Sie ging an den Kühlschrank und nahm sich eine Flasche Orangensaft heraus, dann setzte sie sich auf die Eckbank.

»Wolltest du nicht eine Freundin einladen?« Tristan reichte ihr ein Glas.

»Ja, Melly, aber die hatte vormittags keine Zeit. Wollte mich gleich mit ihr in der Stadt treffen.«

»Soll ich dich nicht nach Hause fahren?«

»Doch, aber wenn es dir nichts ausmacht, später?!«

»Von mir aus«, nickte Tristan und begann sich ein Brot zu schmieren. »Du willst wirklich nichts essen?«

Sie schüttelte den Kopf. Ihre schwarzen Haare flogen einmal hin und her.

Tristan setzte sich zu seiner Nichte an den Tisch. »Wer ist eigentlich dieser Karl?«

Sie starrte Tristan mit großen Augen an und ihr Gesichtsausdruck verriet, dass die Frage sie peinlich berührte. Der Detektiv spürte ihr Unbehagen und ergänzte: »Geht mich ja nichts an, wenn du also nicht über Karl sprechen willst, kein Problem.«

Sie nahm einen kräftigen Schluck Orangensaft, seufzte einmal laut und sagte dann: »Tristan, du bist doch ein Junge. Äh, ich meine natürlich ein Mann.«

»Ja«, nickte er.

»Seid ihr Männer alle so?« Ihre braunen Augen blickten ihn neugierig an.

»Wie meinst du das?« erwiderte Tristan.

»Na, so *unentschlossen* und so *überkorrekt*?« Sie betonte die beiden Wörter, als wären sie eine schlimme Krankheit.

»Karl ist also unentschlossen und überkorrekt«, wiederholte Tristan, um etwas Zeit zu gewinnen, da er im Augenblick keine Ahnung hatte, wohin sich das Gespräch entwickeln würde. Er spürte aber eindeutig, dass er unbeabsichtigt auf einem Minenfeld stand und der nächste Schritt ihn ein Bein kosten könnte.

»Ja, ganz sicher«, schnaufte Sara. »Ich meine, da komme ich extra aus Walpersdorf nach Siegen und Karl weiß nicht, ob er Zeit für mich hat. Geht's noch!«

»Kann ich dich etwas fragen?«

Sara nickte.

»Steht Karl auf dich?«

Ein breites Grinsen bildete sich in ihrem Gesicht. »Na klar!« nickte sie. Dann verfinsterte sich ihr Gesichtsausdruck und sie polterte los: »Das ist es ja, was ich nicht verstehe! Er weiß auch, dass er mir gefällt! – Echt jetzt! Sind alle Jungs so blöde?«

»Du weißt, dass du ganz schön einschüchternd sein kannst«, erklärte Tristan liebevoll. »Musst du von deiner Mama geerbt haben.«

»Quatsch, ich tue doch niemandem etwas«, wehrte sie sich.

»Na, denk mal an die Wisentgeschichte«, erinnerte Tristan, der vor einigen Jahren einen Fall mit seiner Nichte im Wisentgehege lösen musste.

»Meinst du wirklich, ich schüchtere Karl ein?« Auf ihrer Stirn bildete sich eine Denkfalte. »Wenn ja, wie merke ich, dass er von mir eingeschüchtert ist?«

»Sieh ihm in die Augen, und wenn er dir ausweicht, dann solltest du einen Gang runterschalten«, antwortete Tristan, dem kein anderer Vergleich auf die Schnelle einfiel.

»Du meinst, ich sollte mehr wie eine hilflose Prinzessin sein?« Sie legte ein hilfesuchendes Lächeln auf und legte den Kopf zur Seite. »So etwa?«

»Ja, du bist eindeutig einschüchternd, denn das wirkte gerade verdammt echt. Es könnte funktionieren«, nickte Tristan und fügte mahnend hinzu: »Sara, ein wenig Zurücknahme in der einen oder anderen Situation ist in Ordnung, aber ändere dich nicht, nur weil du einem Jungen gefallen willst. Wenn er dich nicht so akzeptieren kann, wie du bist, dann gib dem Kerl einen Tritt in den Allerwertesten.«

»Allerwertesten? Was ist das denn für ein Wort?!« schmunzelte sie.

Es klopfte an der Haustür. Sara sprang sofort auf und meinte: »Das ist Melly.«

Tristan zuckte mit der Schulter und aß sein Brot auf.

In der Diele wurde es einen Augenblick später laut. Zwei Mädchenstimmen schienen sich in der Lautstärke übertrumpfen zu wollen. Plötzlich wurde es still. Der Detektiv grinste, denn er ahnte, dass Melly gerade das Wohnzimmer betrat.

Sara führte sie in die Küche, vorbei an Marlowe, der Melly neugierig musterte.

»Wir wollen in die Stadt«, erklärte Sara und fragte mit einem Gesichtsausdruck, den heilige Männer als pure Unschuld bescheinigt hätten: »Können wir Marlowe mitnehmen?«

»Es wird regnen«, antwortete Tristan, der nach Saras kürzlicher Vorstellung unempfänglich für den Unschuldsblick war.

»Melly hat einen Schirm draußen«, sagte Sara. »Ich passe auch auf.«

»Ihr könnte aber in kein Restaurant oder Café mit dem Kakadu. Das ist verboten.«

»Wissen wir«, nickte Sara. »Wir gehen zu einem Kiosk, da kann man draußen überdacht sitzen.«

Tristan sah seine Nichte streng an und sagte schließlich: »Okay.«

Die beiden Mädchen klatschten in die Hände.

»Du kannst ihn fliegen lassen«, ergänzte Tristan. »Mach dir keine Sorgen! Wenn ihr in der Altstadt bleibt, findet Marlowe auch allein nach Hause. Er sollte bloß nicht allzu nass werden.«

»Verstanden!« nickte Sara. »Dann machen wir uns mal auf den Weg.«

Die beiden Mädchen verschwanden kurz im Bad und kamen frisch geschminkt zurück. Tristan überlegte in diesem kurzen Moment der Ruhe, was sie wohl im Schilde führten. Als Sara Marlowe auf die Schulter setzte, beantwortete dieser Anblick die Frage.

Der weiße Vogel auf der Schulter einer lieblichen jungen Frau mit schwarzem Haar und großen Rehaugen bildete die perfekte Vorlage für das beste Selfie aller Zeiten. Dem Detektiv dämmerte es, dass die beiden Mädchen mit Marlowe ein Fotoshooting veranstalten würden. Mit einem teuflischen Grinsen verabschiedete er die Teenager. Ihm war klar, wenn es Marlowe zu viel würde, dann bekämen die beiden ihr Fett wett.

2

Sobald die Mädchen das Haus verlassen hatten, breitete sich Stille im Wohnzimmer aus. Sie legte sich wie eine weiche Decke über den Detektiv. Es kam in der Vergangenheit selten vor, dass nur ein Lebewesen im Haus weilte. Marlowe war eigentlich ständig anwesend und erzeugte Geräusche. Tristan erinnerte sich vage an die Zeit, als er in dem alten Fachwerkhaus ganz allein wohnte. Dieses neue alte Gefühl belebte seine grauen Zellen, die durch die Ereignisse der letzten Tage schlapp und müde geworden waren.

Er setzte sich an den Esstisch und legte sich einen Block, Stift und das Notizbuch zurecht. Akribisch fasste er die Ergebnisse und Eindrücke seiner bisherigen Ermittlungen auf einer Seite des Blocks zusammen. Wieder ließ er die großen WIE-Fragen außer Acht. Sein Fokus lag auf verwendbaren Fakten wie denen, dass Trapp und Fleckenstein über eine sinnvolle Studie in Streit gerieten.

»Was hat den Professor aufgeregt, dass er sich so vehement gegen Trapp wendete?« Tristan schrieb die Frage auf eine Seite nieder, die die zu erledigenden Dinge auflistete. »Außerdem sollte ich mir die Lebensläufe aller Beteiligten ansehen.«

Darunter notierte er: Lebensläufe aller Beteiligten ansehen.

Sein siebter Sinn sagte ihm, dass er noch zu wenig über Fleckenstein und seine Beziehungen wusste. Deshalb folgte die Notiz: Erichs Freund befragen.

Da der Professor über einen längeren Zeitraum mit einem Medikament, das die Blutgerinnung hemmte, vergiftet worden war, folgte die Aufforderung, nach einem Verdächtigen zu suchen, der das Medikament verabreichen konnte. Hier schrieb er in Großbuchstaben den Namen des Rektors auf. Was ihn automatisch an Kanzler Haberland erinnerte und damit an die Blumen, die zu einer allergischen Reaktion führten. Tristan wusste zwar, dass

Tyrion Haberland die Blumen mitgebracht hatte, aber er konnte dem Kanzler noch kein Motiv für den Anschlag nachweisen. Deshalb schrieb er auf die Liste: Geldströme mit Pfeiffer klären.

Als Letztes blieben der Tod des jungen Arztes und der Austausch des Blutbeutels zu klären.

»Mensch, ich Depp!« rief er plötzlich und stand auf. »Ich hätte schon längst Agnes Lehwald benachrichtigen müssen.«

Er rief bei der Krankenschwester an und teilte ihr die neue Situation mit. Erleichtert nahm sie die Neuigkeit entgegen und fragte, ob sie Tristan besuchen könne.

Der Detektiv stimmte dem zu und legte auf. Überraschenderweise klopfte es wenig später an seiner Haustür. Verdutzt machte Tristan der Krankenschwester die Tür auf.

Bevor er etwas sagen konnte, meinte sie: »Nein, ich habe mich nicht beamen lassen.« Und wackelte mit ihrem Handy. »Ich war auf dem Weg zu Ihnen, als Sie mich anriefen.«

»Ah, ja«, nickte Tristan. »Dann kommen Sie mal rein.«

Die Krankenschwester ging ins Wohnzimmer und blieb vor dem Esstisch stehen. Sie wirkte aufgeregt.

»Bitte, legen Sie doch erst mal Ihren Mantel ab«, bat Tristan.

Agnes nickte und zog sich den Mantel hastig aus. Der Detektiv nahm ihn entgegen und legte den Mantel über das Sofa.

»Also, das sind ja gute Nachrichten«, begann Agnes nervös.

»Ja, das kann man laut sagen. Sie sind keine Verdächtige mehr. Aber Sie wirken nicht so, als würden Sie sich freuen.«

»Ich habe gehört, dass Eric den Beutel ausgetauscht hat«, fragte sie besorgt. »Der Flurfunk, eine Freundin hat mich angerufen.«

»Dann wissen Sie auch von Erics Tod?«

Sie nickte hastig und sagte: »Deshalb wollte ich Sie sprechen. Eric nahm keine Drogen!«

»Heute schon«, antwortete Tristan eine Spur zu hartherzig.

»Nein, Sie verstehen nicht«, Agnes ging aufgeregt hin und her. »Er war ein strikter Gegner von Aufputschmitteln, weil er seinen besten Freund durch Drogen verloren hat. Er hätte nie Drogen genommen.«

»Woher wissen Sie das?« Tristan ahnte, dass Agnes ihm noch nicht alles offenbart hatte.

»Wir sind uns nähergekommen«, gestand die Krankenschwester. »Ein, zwei mal sind wir ausgegangen und ja, wir hatten auch Sex. Er hat es mir erzählt.«

»Dann ist es noch verwunderlicher, dass er den Blutbeutel ausgetauscht hat«, erklärte Tristan nachdenklich.

»Ja, das macht mich wahnsinnig. Von sich aus hätte er das nie gemacht.«

»Sie meinen, er hat eine Anweisung bekommen?«

Agnes nickte.

»Sie wissen von dem Video?«

Wieder nickte die Krankenschwester.

»Man hört dort nur eine Stimme sprechen, die von Olenberg. Und der gibt keine Anweisung, den Blutbeutel auszutauschen.«

»Ich kann mir nicht vorstellen, dass Eric was mit dem Operationschaos zu tun hatte«, antwortete Agnes entschieden. »Er ist, nein, er war kein Mensch, der anderen zu seinen Gunsten schaden würde. Fleckenstein und dieser Rektor, das waren und sind Menschen, die über Leichen gehen würden.«

»Die Beweislage spricht gegen Ihre Aussage«, sagte Tristan leise.

»Ja, ich weiß, aber man hat Eric das Kokain untergeschoben, genauso wie man Fleckenstein das Medikament gegen Blutgerinnung untergeschoben hat.«

»Wie?«

»Bei Eric weiß ich es nicht, aber bei Fleckenstein würde ich mir die Bonbons ansehen.« Agnes zog ein buntverpacktes Bonbon aus ihrer Hosentasche. »Nachdem Sie mir gestern von der Obduktion erzählt hatten, habe ich mich gefragt, wie man Fleckenstein das Medikament verabreichen konnte. Da sind mir die Süßigkeiten eingefallen. Die hatte der Professor ständig im Mund.«

Sie reichte Tristan das Klümpchen.

»Das ist interessant«, murmelte Tristan. »Stammt das aus Fleckensteins Besitz?«

»Nein, das habe ich gekauft«, antwortete sie. »Fleckenstein hatte eine ganze Schachtel davon in seinem Schreibtisch.«

»Woher wissen Sie das alles?« wunderte sich der Detektiv.

»Oh, das ist auf der Station kein Geheimnis, jede der Schwestern und jeder Pfleger ist schon mal losgeschickt worden, die Bonbons zu kaufen.«

Tristan betrachtete die Verpackung. »Sind die aus dem „Naschwerk"?«

»Ja, Fleckenstein wollte nur die hausgemachten«, nickte Agnes.

3

Die hausgemachten Bonbons aus der heimischen Patisserie waren eine Spur. Sie könnten das Medikament enthalten haben. Der Detektiv fragte sich, wie man es wohl in das Bonbon hineinbekommen habe? Aber auf diese Frage hatte Agnes keine Antwort. Die Krankenschwester verabschiedete sich mit einer herzlichen Umarmung.

»Ich werde morgen zum Wochenenddienst wieder arbeiten«, sagte sie erleichtert. »Danke nochmals für Ihre Hilfe.«

Tristan führte sie zur Haustür. Damit hätte sein Job beendet sein können. Er hatte Agnes' Unschuld bewiesen. Doch seine Berufsehre ließ ihn jetzt nicht haltmachen.

Zurück im Wohnzimmer, notierte er auf seine To-do-Liste: Bonbons als Giftträger, wie möglich? Lil fragen!

Frustriert blickte er auf das Blatt. Es machte ihm schmerzlich bewusst, dass er mehr Fragen aufgeworfen hatte, als passende Antworten zu finden.

»Das alles ist ein großes Durcheinander«, schnaufte er und griff nach seiner Pfeife und einem Tabakbeutel, die an einem Haken neben der Küchentür hingen. Nachdenklich begann er den Pfeifenkopf zu stopfen.

»Was ist das Motiv?« stöhnte er und zündete den Tabak an. Eine blaue Rauchwolke stieg über ihm auf. Er blätterte eine neue Seite in dem Block auf und schrieb: »Habgier, wenn es um die Fördergelder geht. Karriere, Fleckensteins Position als Dekan oder Chefarzt. Neid, wenn Fleckenstein die Anerkennung bekam, die ein anderer für sich beanspruchte. Was noch?«

Tristan blies einen großen Rauchring ins Wohnzimmer. Der blauweiße Ring schwebte durch den Raum wie ein kleines Raumschiff. Es beruhigte den Detektiv zu beobachten, wie er langsam auf den Kamin zuflog und sich jeden Moment aufzulösen drohte.

Es klopfte an der Haustür und Tristan wurde aus seinen Überlegungen herausgerissen. Mit der Pfeife im Mund schritt er an die Tür.

»Pfeiffer und Holzbaum?« stöhnte der Detektiv. »Wo ist Affolderbach?«

»Im Büro«, zischte der Hauptkommissar. »Wir müssen reden!«

Pfeiffer schob sich an Tristan vorbei.

»Was hat er?« fragte der Detektiv den schwergewichtigen Holzbaum.

»Büdenbender«, antwortete der nur.

Pfeiffer zückte seine e-Zigarette und schaltete sie an. »Sie haben doch nichts dagegen?«

Tristan schüttelte den Kopf und deutete auf seine Pfeife. Pfeiffer nahm einen kräftigen Zug, dann noch einen und schließlich beruhigte er sich.

»Büdenbender will die Ermittlungen abbrechen«, knurrte der Beamte schließlich. »Er meint, den Schuldigen mit Eric Ackermann gefunden zu haben.«

»Äh, ich bin etwas verwirrt«, Tristan schob seine Halbbrille zurecht. »Sie selbst haben doch den Fall heute Morgen als beendet erklärt. Jedenfalls habe ich Sie so verstanden.«

»Ja, das ist korrekt«, schnaufte der Hauptkommissar und blies eine Rauchwolke in den Raum. »Wir wussten da aber noch nicht, dass Ackermann vergiftet wurde.«

»Mit Kokain?«

»Ja, man hat ihm das Zeug in die Cola gemischt«, erklärte Holzbaum.

»Dann läuft der Mörder noch frei herum«, stellte Tristan fest.

»Na, Sie sind heute ja besonders schlau«, maulte Pfeiffer. »Ja, das tut er. Büdenbender will davon aber nichts wissen. Er will einen Skandal, in den die drei Siegener Krankenhäuser verwickelt sein könnten, um jeden Preis verhindern. Er argumentiert mit Selbstmord.«

»Das passt gar nicht zu dem Staatsanwalt«, überlegte Tristan.

»Ja, eigentlich nicht«, stöhnte Pfeiffer. »Aber denken Sie an seine Ex. Die Ärztin im St.-Josef-Krankenhaus.«

»Okay, da könnte was dran sein«, nickte der Detektiv und sagte dann aufmunternd: »Eine neue Spur habe ich gefunden. Es könnte sein, dass Fleckenstein mit seinen eigenen Klümpchen das Blutgerinnungsmittel eingenommen hat. Sie sollten die Süßigkeiten aus seinem Büro sicherstellen und untersuchen lassen.«

»Ich rufe Affolderbach an, der soll sich darum kümmern«, sagte Pfeiffer sofort und griff zu seinem Handy.

»Wir haben die Geldströme analysiert«, erklärte Holzbaum unterdessen: »Ein Konto wurde von Rektor Landau kontrolliert, ein anderes von Professor Fleckenstein. Allerdings hat Affolderbach noch ein weiteres Konto entdeckt, das von Tyrion Haberland kontrolliert wird. Das Überraschende bei diesem Konto ist, dass es das Eingangskonto ist.«

Tristan verstand nicht, was ihm Holzbaum mitteilen wollte.

»Affolderbach nannte es Eingangskonto. Die Fördermittel vom Land werden auf dieses Konto überwiesen und von da weitergeleitet auf die Konten von Fleckenstein und der Universität.«

»Okay, das habe ich jetzt verstanden«, nickte der Detektiv. »Aber das dürfte ja nicht alles sein!«

»Richtig, unser junger Kollege hat mithilfe des Landeskriminalamts eine erhebliche Differenz zu den offiziellen Buchungen und dem tatsächlichen Buchungsstand festgestellt. Haberland hat Geld abgezweigt und umgeleitet.«

»Könnte Fleckenstein dahintergekommen sein?« Tristan sah die beiden Beamten fragend an.

»Möglich«, nickte Holzbaum. »Wir werden uns den Mann vornehmen, wollten vorher aber noch mit Ihnen gesprochen haben.«

Tristan nickte geschmeichelt und dachte: Wenn Pfeiffer freiwillig mit mir Informationen teilt, dann geht ihm der Arsch auf Grundeis.

4

Tristan sah den Beamten nach, wie sie den Hof hinter der Marienkirche verließen. Über ihm und der ganzen Stadt lag eine graue Wolkendecke und ein kräftiger Wind wehte durch die Altstadtgassen. Regen fiel nicht, was den Detektiv beruhigte, da Sara und ihre Freundin sich mit Marlowe immer noch in den Gassen der Altstadt herumtrieben. Da er nicht wusste, wann die Mädchen zurückzukommen gedachten, entschied er, die Zeit zu nutzen und sich nochmals mit Lil, der forensischen Pathologin, zu treffen. Tristan rief sie an. Sie hatte Zeit für ihn, wenn er sofort vorbeikäme. Tristan schnappte sich seine Autoschlüssel und machte sich auf den Weg.

Die Fahrt durch die Innenstadt wurde von keinem Stau unterbrochen und so schaffte er es rechtzeitig, Lils Labor zu erreichen.

»Sie werden sich hier noch einen Schreibtisch aufstellen«, scherzte Lil, als sie dem Detektiv die Labortür öffnete.

»Keine Chance, dieser Geruch!« antwortete Tristan und schüttelte seinen Kopf.

»Daran gewöhnt man sich«, lächelte Lil und ging zu dem durchsichtigen Becken, in dem wieder einzelne Knochen von Fleisch und Gewebe befreit wurden. Sie rührte mit einem riesigen Holzlöffel vorsichtig in der Suppe.

Tristan sah woandershin und versuchte einen Würgereiz zu unterdrücken.

»Was gibt es dieses Mal?« fragte Lil und legte den Löffel beiseite.

»Einen weiteren Toten, den man mit Kokain vergiftet hat«, antwortete Tristan.

»Cola?« sagte sie nur.

»Ja, man hat ihm das Zeug in die Cola gemischt«, nickte Tristan. »Woher wussten Sie das?«

»Nun, die wenigsten wissen, dass der Konzern aus Atlanta in seinen Anfängen tatsächlich Kokain in seine Brause gemischt hat. Es stimulierte so schön. Da man das Zeug, wie Sie es nennen, nicht schmeckt, macht es für einen Anschlag Sinn.«

»Verstehe«, sagte Tristan. »Weswegen ich aber gekommen bin, nun, ich möchte keinen der Ärzte fragen, die in den Fall Fleckenstein involviert sind.«

»Sie trauen denen nicht?« Lil zog eine ihrer Augenbrauen nach oben.

»Ja«, antwortete der Detektiv.

»Gut, das sollten Sie auch nicht«, bestätigte sie. »Also, was wollen Sie wissen?«

Tristan kramte das Bonbon aus der Hosentasche, das Agnes mitgebracht hatte.

»Ich frage mich, ob man in dieses Bonbon ein Medikament mischen kann?« Tristan reichte Lil das Bonbon.

Sie packte es aus und sah es sich genau an, dann leckte sie daran.

»Das sind kandierter Zucker, Vanille und etwas Chili«, stellte sie fest. »Ja, da kann man alles untermischen, was geschmacksneutral ist. An was hatten Sie gedacht?«

»Ein Blutgerinnungsmittel«, erklärte Tristan.

»Egal welcher Bestandteil?« fragte sie.

»Es soll nur die Gerinnung verhindern«, antwortete Tristan.

»Hm, ich würde ein gängiges Mittel in Tablettenform nutzen. Die Tablette in ein feines Pulver zermahlen und dann in die flüssige Zuckermischung geben. Soweit ich weiß, verliert das Medikament dadurch nicht seine Wirkung und man wird es nicht herausschmecken können. Es ist nur eine Menge Arbeit, die ganzen Bonbons herzustellen.«

»Wie viel des Medikamentes müsste man einnehmen, damit die Blutgerinnung verhindert wird?«

»Also, wenn man eine Tablettenschachtel mit der Menge einer Bonbonschachtel vermischt, dürfte die erhoffte Wirkung eintreten. Das Opfer müsste nur regelmäßig von den Bonbons naschen.«

»Das tat das Opfer«, sagte Tristan.

»Dann müssen Sie jetzt einen Zuckermischer finden, der geduldig einen Haufen dieser Bonbons hergestellt hat. Das ist ganz schön abgebrüht, dass wissen Sie hoffentlich und man braucht Zeit.«

»Ja, das hat jemand von langer Hand geplant.« Tristan seufzte. »Fleckenstein hatte gar keine Chance.«

»Es wird schwierig werden, denjenigen zu finden«, sagte Lil nachdenklich. »Die Klümpchen können Sie in jeder Küche herstellen. Sie brauchen nur genügend Formen.«

»Ja, ich weiß. Und diese Formen kann man sich selbst herstellen«, stöhnte der Detektiv. »Danke für Ihre Hilfe.«

»Keine Ursache«, lächelte Lil.

»Eine Sache könnten Sie noch erledigen«, sagte der Detektiv. »Könnten Sie mich bei Chefarzt Frisch anmelden?«

»Franz Frisch, der Schöne?« Lil verdrehte die Augen.

Der schöne Chefarzt erwartete den Detektiv in seinem Büro. Tristan fragte sich, was Frauen an grau melierten Herren mittleren Alters fanden. Die ersten körperlichen Verfallserscheinungen traten auf, der Stoffwechsel formte Fettpolster, die vorher nicht da waren. Wenn man Pech hatte, meldete die Wirbelsäule mit schmerzlichen Signalen, dass das Kamasutra kein geeignetes Nachschlagewerk mehr sei. Das alles ignorierte das weibliche Geschlecht und stand dennoch auf grau meliert.

Doktor Frisch machte an diesem Nachmittag seinem Namen keine Ehre. Auf Tristan wirkte der Arzt müde und gereizt.

»Verzeihen Sie die Unordnung«, entschuldigte Frisch sich und begann, einen Stapel Patientenakten hin und her zu schieben. »Aber ich hatte gerade eine schwierige Operation. Frau Doktor Lindenberg erwähnte, Sie hätten Fragen zu Fleckensteins OP?«

»Das ist mein Anliegen«, antwortete Tristan.

»Ich habe bereits der Polizei alles mitgeteilt«, knurrte der Chefarzt, der eine der Patientenakten aus dem Stapel nahm, aufschlug und zu lesen begann. »Es gibt nichts an meiner Aussage, das ich ergänzen oder korrigieren möchte.«

»Eric Ackermann, der Arzt im Praktischen Jahr, wurde heute ermordet.« Tristan sprach das aus, als bestelle er einen Burger in einem Schnellimbiss.

Frisch blickte langsam auf.

»Er wurde mit Kokain vergiftet«, erklärte Tristan sachlich. »Wir, die Polizei und ich, nehmen an, dass er etwas gesehen hat, dass er nicht hätte sehen sollen.«

»Kokain?« Frisch schüttelte den Kopf. »Wer kommt denn auf so eine Idee?!«

»Die viel interessantere Frage lautet doch wohl: Was hat der junge Arzt gesehen, dass er dafür sterben musste? Und jetzt wird es interessant – haben Sie das Gleiche gesehen? Wenn ja, könnte das den Mörder beunruhigen – so sehr, dass er nochmals zuschlägt?«

Frisch blickte starr auf seine Akte.

»Das ist nicht Ihr Ernst«, zischte er.

»Sonst wäre ich nicht hier«, antwortete Tristan. »Also, was haben Sie gesehen?«

Frisch schien mit sich zu kämpfen. Schließlich blickte er auf. Seine Augen fixierten irgendeinen Punkt weit weg, während er sich langsam in seinen Stuhl zurücklehnte.

»Sie wissen, dass sich alle Beteiligten in einer extrem schwierigen Situation befanden.« Seine Stimme klang ruhig und gefasst.

Tristan nickte.

»Es ist schwer in einer solchen Situation, Absichten und Fehler auseinanderzuhalten. Wir sind Menschen und reagieren unter Druck unterschiedlich. An einem guten Tag machen wir alles richtig, an einem schlechten Tag machen wir die dümmsten Fehler.«

»Sie halten ein Skalpell in der Hand, da kann ein dummer Fehler tödlich enden«, erinnerte der Detektiv.

»Ja, das ist mir durchaus klar«, schnaufte Frisch. »Es fällt mir nur schwer, einem ausgezeichneten Kollegen bei einem Fehler Absicht vorzuwerfen, wenn es unter der Belastung ein menschliches Versagen sein könnte.«

»Dennoch tun Sie das gerade.« Tristan nahm seine Halbbrille ab. »Was lässt Sie Absicht vermuten?«

»Sie fragen gar nicht, was ich dem Kollegen vorwerfe?«

»Sie werfen dem Kollegen den Schnitt in die Aorta vor, die hinter dem Hüftknochen eigentlich geschützt lag«, antwortete Tristan langsam.

Frisch sah Tristan einen Augenblick überrascht an, dann nickte er. »So, wie der Patient lag, muss man mit Kraft den Oberschenkelmuskel mit dem Skalpell durchschneiden, um die Aorta zu treffen. Ein erstklassiger Chirurg macht einen solchen Fehler nicht. Aber unter den Umständen, die plötzlich auf dem OP-Tisch herrschten, kann auch dem besten Chirurgen der Welt ein Fehler unterlaufen. Adrenalin schießt durch die Adern und man verliert das Gefühl in den Händen.«

»Dann könnte Olenberg den Schnitt mit Absicht durchgeführt haben«, stellte Tristan fest.

»Ja, aber das werde ich nie öffentlich bestätigen«, antwortete Frisch entschieden.

»Das brauchen Sie auch nicht.« Tristan setzte die Halbbrille wieder auf. »Man kann das dem Arzt nie beweisen. Aber wenn ein Gerücht die Runde machen würde, dass ein Chirurg einen solchen Fehler begangen hätte, dann würde das den Arzt doch sicherlich diskreditieren?«

»Oh, ja, einen solchen Fehler überlebt man nur, wenn man in einer aussichtsreichen Position innerhalb der Krankenhaus-Hierarchie steht.«

»So wie Olenberg?« fragte der Detektiv.

»Ja, der Mann wird gedeckt und soll Fleckensteins Nachfolger werden«, bestätigte Frisch.

»Dann könnte Ackermann ermordet worden sein, weil er das Gleiche gesehen hat wie Sie?«

»Nur wird man von mir nie eine Beschuldigung hören«, antwortete Frisch. »Ackermann stand am Anfang seiner Karriere. Es ist zu vermuten, dass er das Gesehene ausnutzen wollte. Dabei hat er ein ungeschriebenes Gesetz verletzt.«

»Beschuldige nie einen Kollegen«, zischte Tristan.

Frisch nickte.

5

Tristan wusste nicht, ob er sich mehr über die Arroganz der Ärzteschaft oder über deren verbrecherisches Verhalten ärgern sollte. Zum Glück gab es auch solche Ärzte, die sich für die Aufklärung von Behandlungsfehlern einsetzten. Und für den aktuellen Fall würde Lil zu gegebener Zeit das Richtige beitragen können. Das beruhigte den Detektiv, der das Krankenhaus noch nicht verlassen wollte, bevor er nicht mit Klinikleiter Karl Kötting gesprochen hatte.

Den Mann fand er in seinem Büro, unüblicherweise wurde er von keiner Sekretärin abgeschirmt.

Kötting war das Gegenteil von Klinikleiter Trapp. Er wirkte verbissen, hatte eine untersetzte Figur und einen verhärmt blickenden Gesichtsausdruck.

»Was kann ich für Sie tun?« fragte er verärgert.

Tristan stellte sich vor, was Köttings Stimmung ein wenig aufheiterte. Der Grund dieses Stimmungswandels war, dass man Henriette Brenner verdächtigte und ihn nicht.

Tristan erkundigte sich nach Fleckensteins Wechsel und Kötting bestätigte, dass der Professor den neuen OP-Saal geliebt hätte.

»Jetzt habe ich eine Million ausgegeben und muss nun einen neuen Arzt suchen!« schnaufte er.

»Machen Sie doch Olenberg ein Angebot«, schlug Tristan vor.

Kötting sah den Detektiv an, als seien Tristan Fühler aus dem Kopf gewachsen.

»Wollen Sie das Krankenhaus ruinieren? Der Mann ist nach dieser OP erledigt. Den stellt keiner mehr ein!«

Tristan verabschiedete sich und lenkte den Borgward zurück in die Altstadt.

Als er das Haus betrat, hörte er bereits in der Diele, dass Sara und ihre Freundin aus der Stadt zurückgekehrt waren. Sie diskutierten lautstark über eine Nachricht.

»Hallo, bin zurück«, kündigte er sich an.

»Wir sind im Wohnzimmer«, rief Sara und die Diskussion war beendet.

»Hattet ihr einen schönen Tag?« fragte der Detektiv und schielte zu Marlowe, der auf seiner Kletterstange saß.

»Oh, ja, Marlowe war artig«, antwortete Sara und lachte schelmisch.

»Ihr habt doch nichts angestellt?« Tristan war der Blick seiner Nichte nicht geheuer.

»Nee, was sollten wir denn anstellen?« Sie stand auf und zeigte Tristan ihr Handy. »Was meinst du, welches Bild ist cooler?«

Sara zeigte ihm ein paar Aufnahmen, auf denen sie und Marlowe in unterschiedlichen Posen und Blickwinkeln aufgenommen waren.

»Wie hast du Marlowe dazu bekommen, die Flügel ausgestreckt zu halten?« wunderte der Detektiv sich.

»Oh, das hab ich ihm gezeigt«, antwortete Sara unschuldig. »Also, welches ist das Coolste?«

Tristan deutete auf ein Foto, das Marlowe und Sara schmusend abbildete.

»Hm«, sie runzelte die Stirn, »war in der engeren Wahl. Sieht das nicht zu kindlich aus?«

»Nein«, schüttelte Tristan den Kopf.

»Ich muss jetzt los«, meldete sich Melly aus dem Hintergrund.

»Ja, okay. Ich bringe dich zur Tür«, sagte Sara und die Frage nach dem coolsten Bild wurde weggewischt.

»Tschüss, Marlowe«, rief Melly und ging mit Sara in die Diele.

Tristan setzte sich neben Marlowe auf einen Stuhl.

»Alles klar bei dir?« flüsterte er seinem Haustier zu.

Marlowe wippte hin und her und krächzte: »Sehr tadelnswert ist unser Tun, / Wir sind nicht brav und bieder. – / Gesetzt den Fall, es käme nun / Die Sündflut noch mal wieder.«

»Oh, so schlimm?« murmelte der Detektiv und kraulte Marlowe die Brust.

»Es war gar nicht schlimm«, brummte Sara, die zurück ins Wohnzimmer trat. »Er hat alles freiwillig gemacht.« Sie ging zu Marlowe und hielt ihm den rechten Arm hin. Der Kakadu sprang sofort darauf und kletterte auf ihre Schulter. »Siehst du, er ist mir nicht böse.«

»Na, wenn du das sagst«, stöhnte der Detektiv. »Dann mach dich mal fertig. Wir fahren nach Walpersdorf.«

Das kleine Dorf am Rande des Rothaargebirges lag in einem Tal, das sich in Richtung Südwesten öffnete. Aus dem Nordosten floss die Sieg die Berghänge hinunter, im Dorf noch als Bach, doch schon wenige Kilometer weiter verwandelten die vielen Zuflüsse den Bach zu einem Fluss.

Tristan, Sara und Marlowe, der auf einer Stange saß, die der Detektiv zwischen den beiden Vordersitzen seines Oldtimers anbringen ließ, bewegten sich gemächlich dem Flusslauf entgegen. Sie hatten Dreis-Tiefenbach erreicht und folgten nun der B 62 bis nach Netphen, wo sie abbogen und auf Deuz zufuhren. In Deuz bogen sie links ab auf die Landstraße L 719.

Das Wetter passte sich der Jahreszeit an. Eine tief hängende graue Wolkenmasse schob sich langsam über die Berge und Täler des Kreisgebietes. Von der Sonne war nichts zu sehen. Ein diffuses Licht, das man in einem schlecht beleuchteten Folterkeller erwartete, lag über der Landschaft. Die vielen schiefergrauen Dächer und Fassaden der Häuser hellten das Bild nicht auf. Für eine kräftige Blues-Stimmung fehlte einzig der Regen, doch der blieb den Reisenden erspart.

Das Wetter schien Saras gute Laune nicht zu trüben. Auf der ganzen Fahrt erhielt sie Nachrichten, die sie mit einem breiten Grinsen las und gegebenenfalls mit einer schnell getippten Antwort zurückschickte.

»Deine Fotos kommen also gut an«, bemerkte der Detektiv, als sie Grissenbach verließen.

»Ja, der volle Erfolg«, nickte sie und die nächste Nachricht meldete sich mit einem Glockenton.

Wenige Minuten später bremste Tristan den Borgward ab und hielt vor Saras Zuhause.

Tristans Schwester, Elisabeth, hatte einen Köhler geheiratet, der auch noch mit Nachnamen Köhler hieß. Hans, der Schwager, betrieb einen der letzten Kohlenmeiler am Rande des Dorfes.

Die hochwertige Holzkohle, die Hans erzeugte, verkaufte er an Pharmafirmen und Chemiegiganten. Der vollwertige Biobrennstoff, wie ihn der Schwager gerne nannte, wurde als Bindestoff in vielen Medikamenten verwendet.

»Da sind wir«, sagte Tristan und stellte den Motor ab.

Sara sprang aus dem Wagen und nahm Marlowe auf den Arm. Ohne auf Tristan zu warten eilte sie zur Haustür, an der Elisabeth sie begrüßte.

»Keine Dummheiten gemacht?« fragte sie streng.

»Nein, natürlich nicht«, erwiderte Sara empört und schob sich an ihrer Mutter vorbei ins Haus.

»Hallo, Schwester«, grüßte Tristan mit einem Lächeln. »Sie war artig.«

Elisabeth schnaufte kurz und umarmte dann ihren Bruder.

»Hast du schon was gegessen? Ich habe Kaffee und selbst gebackenen Kuchen«, sagte sie, während sie ins Haus gingen.

»Arbeitet Hans?« fragte Tristan.

»Ja, bei dem Sturm in den letzten Tagen ist er draußen beim Meiler. Er passt auf, dass der Meiler nicht Feuer fängt.«

»Da haben wir alle neumodische Handys und rasend schnelles Internet, und Hans arbeitet wie vor tausend Jahren«, bemerkte Tristan.

»Wir haben hier draußen kein rasend schnelles Internet«, rief Sebastian, Saras Bruder, durch den Flur. »Buschtrommeln wären schneller.«

In dem Moment flatterte Marlowe um die Ecke, direkt auf Sebastian zu. Der hielt ihm reflexartig den Arm hin, worauf der Kakadu sicher landete. Es folgte eine herzliche Begrüßung, indem Sebastian Marlowe die Brust kraulte und der Kakadu seinen Schnabel sanft über Sebastians Wangen strich.

»Komm in die Küche, wenn du was essen willst«, sagte die Mutter zu ihrem Sohn.

Elisabeth hatte einen Nusskuchen gebacken. Die beiden Geschwister setzten sich an den Küchentisch, der für fünf Personen gedeckt war, doch die Kinder schienen keinen Hunger zu haben und Hans würde auch nicht kommen. Also blieben die Geschwister unter sich. Elisabeth schenkte Kaffee aus und Tristan ließ sich bedienen.

»Sie war nicht aufmüpfig?« Elisabeth sah ihren Bruder ernst an.

»Nein, kein bisschen«, antwortete Tristan. »Du hast eine Tochter, die für ihr Alter sehr verantwortungsbewusst ist.«

Elisabeth schüttelte den Kopf. »Ich will dir mal glauben.« Dann fragte sie: »An welchem Fall arbeitest du momentan?«

»Hast du schon mal den Namen Fleckenstein gehört?«

»Oh, diese schiefgegangene Hüft-Operation«, antwortete sie und wurde neugierig.

»Ja, genau die«, nickte der Detektiv. »Es gibt da einige Unklarheiten.«

»Weißt du was, du solltest die alten Taschenbücher vom *Ollern* herunterholen.«

»Welche Bücher meinst du?« fragte Tristan.

»Na, die von Agatha Christie.« Sie schüttelte den Kopf, als wäre das nicht sonnenklar gewesen.

6

Pfeiffer spielte mit seiner Waffe, das machte Holzbaum nervös.

»Chef, bitte, steck die Pistole ein«, mahnte er. »Die Akademiker werden nervös.«

»Das ist mir egal«, schnaufte der Hauptkommissar. »Wenn dieser Kanzler nicht in einer Minute aus der Tür da rauskommt, dann stürme ich hinein.«

Die Beamten warteten vor dem großen Konferenzraum der Universitätsverwaltung auf dem Adolf-Reichwein-Campus. Im Raum wurde eine Dekanswahl vorbereitet, da durften die Polizisten nicht stören. Pfeiffer hatte sich erklären lassen, was ein Dekan sei, doch nachdem er von Affolderbach die Worte, „leitet die Fakultät“, „ist verantwortlich für Prüfungen“ gehört hatte, hatte der Hauptkommissar mental dichtgemacht.

»Affolderbach, klopf noch mal an«, befahl der Chef der Mordkommission und steckte seine Waffe zurück ins Holster.

Der junge Kommissar schob sein Tablet in einen Rucksack und ging zur Tür. In diesem

Augenblick öffnete sich die Tür und Kanzler Tyrion Haberland trat heraus.

»Guten Tag, meine Herren, Sie wollten mich sprechen?« Er blickte die drei Polizisten abschätzig an.

»Nein, wir wollen Sie nicht sprechen!« fauchte Pfeiffer. »Wir haben ein paar ernste Fragen, deren Antworten darüber entscheiden, ob wir Sie hier und jetzt verhaften.«

Das Gesicht des Kanzlers verfärbte sich in ein fahles Grau.

»Bitte, folgen Sie mir«, nuschelte er eingeschüchtert. »Gehen wir in mein Büro.«

Die Beamten folgten dem Kanzler, dessen Körpersprache den Gang zum Schafott widerspiegelte. Im Büro angekommen fragte er: »Worum geht es? Was wollen Sie wissen?«

»Affolderbach! Bitte!« Pfeiffer lehnte sich an den Schreibtisch des Kanzlers.

»Wir haben herausgefunden, dass Sie ein Konto verwalten, auf dem die Fördergelder des Landes eingehen«, Affolderbach sprach ruhig und betont langsam. »Von diesem Eingangskonto werden die Gelder auf das Fleckenstein-Konto und das Universitätskonto verteilt. Fleckenstein verteile es an die Krankenhauskonten und hatte über die Fakultät noch Einfluss auf das Universitätskonto, das von Rektor Landau geführt wird.«

»Das ist nicht korrekt«, warf der Kanzler ein. »So wie Sie das darstellen, könnte man meinen, die Personen könnten persönlich darauf zugreifen.«

»Dann, bitte, entschuldigen Sie meine Ausdrucksweise«, konterte Affolderbach selbstsicher. »Natürlich sind die Konten institutionell geführt. Soll heißen, dass die Buchungen von einem Buchhalter oder einer Buchhalterin getätigt werden. Verantwortlich sind jedoch der Rektor und Fleckenstein gewesen, sie mussten für die Buchungen geradestehen. Für das Eingangskonto sind Sie verantwortlich.«

Haberland nickte und schien sich ein wenig beruhigt zu haben.

»Allerdings klärt das nicht, warum gerade das Eingangskonto ausschließlich von Ihnen, ich merke an, ohne eine Buchhaltung im Hintergrund, geführt wird, die kontrollierend eingreifen kann. Das ist illegal.« Affolderbach sah den Kanzler verärgert an.

»Was haben Sie dazu zu sagen?« fragte Pfeiffer scharf.

»Es, es sieht anders aus als es ist«, stotterte Haberland. »Ja, das Konto wird ausschließlich von mir verwaltet und das ist grenzwertig, was die Vorschriften betrifft! Aber für jede Buchung habe ich Belege. Ich musste eine schnelle Lösung finden, ohne den ganzen Verwaltungsapparat zu involvieren. Wir hatten finanzielle Engpässe. Das Geld wurde knapp.«

»Sie haben also Fördermittel unterschlagen?« Affolderbach zog sein Tablet aus dem Rucksack.

»Nein, so würde ich das nicht ausdrücken«, wehrte sich der Kanzler. »Die Gelder standen der Uni doch sowieso zu. Ich habe das Geld kurzfristig für andere Verpflichtungen eingesetzt.«

»Das nennt man Unterschlagung«, knurrte Pfeiffer. »Ist Ihnen der Professor auf die Schliche gekommen? Und deshalb haben Sie versucht, ihn zu töten?«

»Was?! Nein, ich habe nicht versucht, ihn zu töten.« Tyrion Haberland ging aufgeregt hin und her. »Das habe ich doch schon dem Detektiv gesagt. Ich habe die Blumen auf Empfehlung von Dr. Olenberg ausgesucht, ohne von seiner Allergie zu wissen.« Er machte eine Pause, sammelte sich und sagte dann: »Ja, Fleckenstein hat herausbekommen, dass ich das Geld von einem Konto aus verwalte, das nur mir zur Verfügung steht. Ich wollte ihm das an dem Morgen erklären, nicht dass er noch einen falschen Eindruck bekommen hätte. Ich schwöre, dass ich nicht vorhatte, dem Mann etwas anzutun. Ich habe doch persönlich gar kein Geld angenommen. Das kann ich beweisen.«

Pfeiffer blickte zu Affolderbach, der nickte.

»Wie hat der Professor Ihre Machenschaften herausbekommen?« hakte Affolderbach nach.

»Ich vermute, dass Fleckenstein nach seiner Wahl als Dekan von der Verwaltung sämtliche Konten aufgelistet bekommen hat, die in Zusammenhang mit den Fördermitteln stehen. Fleckenstein hatte ein gutes Zahlengedächtnis, er wird mein Konto aufgelistet gesehen haben. Da er damit nichts anfangen konnte, hat er nachgebohrt und es so herausgefunden. So ähnlich sind doch auch Sie vorgegangen.«

»Ja«, antwortete Affolderbach.

»Herr Haberland, es wäre gut, wenn Sie in den nächsten Tagen die Stadt nicht verlassen würden«, mahnte Pfeiffer. »Sie haben noch Einiges zu erklären.«

7

Während Kanzler Tyrion Haberland von der Polizei verhört wurde, lenkte Rektor Lawrence Landau die schnell einberufene Dekanswahl mit der Raffinesse eines Intriganten. Der Universitätsprofessor hatte erkannt, dass der plötzliche Tod Fleckensteins Begehrlichkeiten bei anderen Professoren der Fakultät der Lebenswissenschaft wecken könnte. Die Stelle des Dekans war vakant und diese Schlüsselstellung sollte nicht unkontrolliert bleiben. Deshalb wollte Landau so schnell wie möglich einen neuen Dekan für die Fakultät wählen lassen. Eigentlich hätte der Stellvertreter den Job übernehmen sollen, doch der Rektor war paranoid genug, um darin eine Verschwörung gegen seinen Mann zu sehen. So hatte er in einer Rundmail alle Professoren zusammengerufen, um in einer Blitzaktion Dr. Adam Olenberg als Professor zu berufen und ihn anschließend als neuen Dekan wählen zu lassen. Den wahlberechtigten Professoren war das nur recht, da sie um keinen Preis die Fördermittel verlieren wollten. Eine geregelte Verwaltung sah man in dem zuständigen Ministerium als Grundbedingung für die Vergabe von Fördergeldern an.

So gab es keinerlei Schwierigkeiten, die betreffenden Mitglieder des Fachbereichsrates zusammenzutrommeln.

Die Wahl verlief ganz zur Zufriedenheit des Rektors. Olenberg wurde als neuer Dekan gewählt. Es gab nur eine Enthaltung, dementsprechend stolz fühlten sich der Rektor und der Kandidat Adam Olenberg.

»Gratulation«, sagte Landau und schüttelte dem Chirurgen die Hand. »Die Formalitäten erledigen wir später.«

»Sie meinen den Ruf zum Professor?« wollte Olenberg wissen.

»Ja, das Ministerium in Düsseldorf ist nicht so schnell«, erklärte der Rektor.

»Kein Problem, solange es am Ende Herr Professor Doktor Olenberg heißt«, scherzte der Arzt.

»Sicher«, nickte Landau.

»Wo steckt eigentlich der Kanzler?« Olenberg sah sich nach ihm um.

»Keine Ahnung, er ging eben raus und ist noch nicht zurückgekehrt«, antwortete Landau.

Während die Akademiker in ihrem kleinen Reich Gedanken nachhingen, die den Rest der Menschheit so gut wie gar nicht interessierten, lenkte Tristan den Borgward durch Dreis-Tiefenbach. Er blickte auf das Universitätsgebäude, das wie eine alte Burg auf dem Haardter Berg thronte. Die vielen Kräne um das Gebäude sahen aus der Ferne wie Belagerungstürme aus. Der vom Architekten als Treppenhaus und Fahrstuhlschacht ausgelegte Turm ähnelte einem mächtigen Burgfried, der als erstes gestürmt werden sollte.

Tristan dachte, dass man aus der Ferne verfolgen konnte, wie das Land Steuergelder verbaute. Sofort fiel ihm Kanzler Tyrion Haberland ein, der die Finanzierung des Umbaus steuern musste. Er verlor das Unigebäude aus dem Blick, da die Bundesstraße 62 nahe am Fuß des Berges entlangführt. Kurz entschlossen setzte er den Blinker und fuhr Am Eichenhang hinauf, bog nochmals ab und folgte der Hochschulstraße bis zur Müllkippeneinfahrt. Dort lenkte er den Oldtimer nach links auf die Haartder-Berg-Straße.

Das Parkhaus war zur Hälfte leer. Trotz Prüfungen und Tests zog es die Studenten an einem Freitagnachmittag in die Stadt und nicht mehr in Seminarräume. Tristan stellte den Oldtimer etwas abseits ab. Er traute den jungen Leuten nur bedingt, wenn es um sein Schätzchen ging. Dann nahm er Marlowe auf die Schulter und schritt zum Verwaltungsgebäude.

Überrascht nahm er wahr, dass der Parkplatz vor dem Gebäude rappelvoll war. Er betrat den Bau, der von innen wie ein amerikanisches Gefängnis aussah. Einzig die Gitternetze, die die einzelnen Etagen voneinander trennten, fehlten. Tristan ließ sich vom Empfang anmelden und ging dann in die „Chefetage".

Rektor Landau erwartete den Detektiv bereits.

»Was für eine Überraschung«, sagte der Rektor und starrte verwirrt auf den Kakadu. Dann fasste er sich und meinte: »Und was für ein Timing.«

»Ich verstehe nicht«, antwortete Tristan.

»Nicht weiter wichtig«, grinste Landau süffisant. »Kommen Sie, gehen wir in mein Büro.«

Tristan folgte ihm und bemerkte durch die offene Tür des Konferenzraumes, dass er voll besetzt war.

»Störe ich?« fragte er und deutete auf den Saal.

»Nein, das ist eine kleine Feier zu Ehren des neu gewählten Dekans«, antwortete Landau. »Bitte, treten Sie ein. Äh, beißt der Vogel?«

»Wenn man ihn in Ruhe lässt, nicht«, antwortete Tristan und fragte: »Welcher Fakultät?«

Er folgte dem Rektor in sein Büro.

»Der Lebenswissenschaften«, antwortete Landau stolz. »Professor Dr. Adam Olenberg wird die Fakultät leiten.«

»Der Mann, der Professor Fleckenstein bei einer Operation getötet hat?« wunderte sich Tristan.

Landaus aufgesetztes Lächeln verschwand und er fragte barsch: »Was kann ich für Sie tun?«

Es war offensichtlich, dass der Rektor das Thema wechseln wollte.

Der Detektiv zog daher sein Notizbuch aus der Strickjacke, schlug es auf und sagte: »Ist es korrekt, dass Sie Professor Fleckenstein regelmäßig Bonbons mitbrachten?«

Lawrence Landau glaubte, die Frage nicht richtig verstanden zu haben. Hatte der Mann ihn wirklich nach Bonbons gefragt?

»Herr Irle, was soll ich mitgebracht haben?« Er schüttelte den Kopf und wirkte ungehalten.

»Ich habe Sie gefragt, ob Sie Fleckenstein seine Lieblingssüßigkeiten geschenkt haben?«

»Diese bunt verpackten Klümpchen?!« Landau sah den Detektiv ungläubig an. »Ja, die habe ich ihm öfter mitgebracht. Der Mann konnte ziemlich unerträglich werden, wenn ihm die Zuckerbomben fehlten. Die sind richtig ungesund.«

»Oh, da könnten Sie richtig liegen«, nickte Tristan. »Außerdem hat man mir gesagt, dass Sie den Professor fast täglich besucht haben. Gab es einen bestimmten Grund?«

»Ja, den gab es«, nickte Landau hastig. »Fleckenstein war Dekan zum ersten Mal in seinem Leben. Das bedeutete ein Menge Verwaltungsarbeit, organisieren von Lehrplänen usw. Ich habe ihn dabei unterstützt. Außerdem hat mir nicht gefallen, dass er die doppelte Kontrolle über die Fördermittel erhielt. Einmal bestimmte er als Ärztlicher Direktor über die Krankenhausmittel und als Dekan kontrollierte er ebenfalls einen Teil der Unimittel. Das war mir zu viel Macht in einer Hand, da wollte ich gegensteuern.«

»Das ist ein gutes Mordmotiv«, merkte Tristan beiläufig an.

»Sie haben zu viele schlechte Krimis gelesen«, grinste Landau selbstsicher und öffnete die Bürotür. »Wenn Sie mich jetzt entschuldigen würden, ich habe eine Universität zu führen.«

8

Tristan Irle verließ das Büro des Rektors und traf im Treppenhaus auf einen glücklich aussehenden Adam Olenberg.

Wenn man sich im Elfenbeinturm der Wissenschaft aufhielt, dann lag die Wahrscheinlichkeit nahe, dass man auf Akademiker stieß. Fügung des Schicksals konnte man es nennen, wenn man auf den einen traf, der ganz oben auf der Liste, der zu verhörenden Personen stand. Tristan erkannte Olenberg und sprach ihn direkt an.

»Guten Tag, Herr Dr. Olenberg.«

»Herr Irle, richtig?« Der Chirurg glotzte genauso verwundert auf Marlowe wie zuvor der Rektor.

Der Detektiv ignorierte den verblüfften Blick. »Sie sind gerade zum Dekan gewählt worden. Gratulation!«

»Danke, Herr Irle«, lächelte Olenberg und deutete eine asiatische Verbeugung an.

»Das ist schon erstaunlich, wenn man bedenkt, was im OP-Saal des Stadtkrankenhauses geschehen ist«, sagte Tristan in einem ruhigen Tonfall.

»Das war ein Unfall«, konterte der Chirurg aggressiv.

»Der Schnitt in die Aorta auch?« Tristan sah ihm direkt in die Augen.

Olenberg zuckte zusammen und blickte Tristan wütend an. Einen Augenblick kämpften zwei Gefühle um die Fassung des Mannes. Statt dem Detektiv wie ein ordentlicher Schläger eine reinzuhauen, gewann der Listige die Oberhand. Olenberg atmete zweimal tief ein, dann antwortete er: »Sie mögen es mir nicht glauben, aber auch der Schnitt in die Aorta war ein Unfall. Ich bin unglücklicherweise bei dem Versuch, die zerfetzten Ränder der Wunde glatt zu schneiden, an dem Hüftknochen abgeprallt und mit dem Skalpell tief ins Gewebe eingedrungen. Das kann der Chefarzt des Robert-Koch-Krankenhauses bestätigen.«

»Nun, das kann er nicht«, antwortete Tristan barsch. »Ich habe heute erst mit Dr. Frisch darüber gesprochen.«

»So, haben Sie«, nickte Olenberg und grinste dann selbstgefällig. »Wird er seine Aussage öffentlich wiederholen?«

Nun waren es Tristans Gefühle, die anfingen, um Fassung zu kämpfen. Der Aikidokämpfer in ihm berechnete bereits die Stoßkraft, die nötig wäre, den Chirurgen über die Brüstung zu stoßen, während der Bedachte in ihm den hochnäsigen Doktor intellektuell besiegen wollte.

»Nein, wird er wahrscheinlich nicht«, antwortete der Detektiv, dessen graue Zellen die Oberhand behielten. »Aber, wissen Sie, das muss er auch nicht. Es gibt ein Video, das den Verlauf der Operation dokumentiert.«

»Ach, ja, die Kamera«, nickte Olenberg und meinte dann: »Wenn ich mich richtig erinnere, dann dürfte sie keineswegs meinen Schnitt gefilmt haben.«

»Da haben Sie sich geirrt«, antwortete der Detektiv. »Man sieht Sie deutlich am OP-Tisch hantieren.«

»Nein, das denke ich nicht. Was Sie sehen, ist eine Person, die vor einem Patienten steht, aber Sie werden keine Aufnahme von der Wunde sehen können. Sie müssen wissen, dass ich den Kamerawinkel für Fleckenstein ausgesucht habe und der stand lieber auf der anderen Seite des OP-Tisches, da er Linkshänder war«, grinste Olenberg.

»Dann kann ich davon ausgehen, dass Sie *nicht* die Kamera eingeschaltet haben?«

»Nein, davon können Sie *nicht* ausgehen«, erwiderte er trocken. »Ich habe die Kamera ausgelöst, weil Fleckenstein das so wollte.«

Olenberg wandte sich ab und sagte: »Einen schönen Tag noch, Herr Irle.«

Der Detektiv verließ nachdenklich das Verwaltungsgebäude und traf auf die beiden Kommissare.

»Irle und der teuflische Vogel, was haben Sie hier verloren?« fragte Pfeiffer miesepetrig.

Ihn nervte noch die arrogante Haltung des Kanzlers.

»Ich habe mit dem Rektor gesprochen. Und Sie?«

»Wir haben uns den Kanzler vorgenommen«, schnaufte Pfeiffer.

»Hat es was gebracht?« Tristan nahm seine Halbbrille ab und begann sie mit dem Saum seiner Strickjacke zu putzen.

»Na, wir wissen jetzt, dass er die Blumen auf Empfehlung von Olenberg gekauft hat«, antwortete Holzbaum.

»Interessant«, nickte Tristan. »Olenberg soll nach Chefarzt Frisch einen Fehler begangen haben, den der Chefarzt aber nie öffentlich bestätigen würde. Das weiß Olenberg, außerdem hat der Chirurg mir bestätigt, dass er das Video ausgelöst hat. Der Kerl war ziemlich selbstsicher, dass er sich mit dem Video nicht belastet, da die Kameraeinstellung seine Hände nicht hätte erfassen können. Es wäre wichtig, das nochmals zu überprüfen.«

»Werden wir machen«, nickte Pfeifer. »Das ist frustrierend! Wie soll ich einen Mord beweisen, der genauso gut ein Unfall sein könnte!«

»Indem Sie Beweise finden«, erinnerte der Detektiv. »Ich für meinen Teil werde das weiterhin versuchen. Das Ganze stinkt! Und wer auch immer hinter diesem perfiden Anschlag steht, ich will ihn hinter Gittern sitzen sehen.«

»Wir auch«, sagte Holzbaum entschieden.

»Holzbaum, erinnern Sie Affolderbach nochmals an die Lebensläufe. Ich könnte heute Abend etwas zu lesen gebrauchen.«

»Mache ich«, nickte der schwergewichtige Beamte.

Dann verabschiedeten sie sich und Tristan fuhr zurück in die Altstadt.

9

Das Haus versank in der anbrechenden Abenddämmerung. Der graunasse Himmel verabreichte der niedergeschlagenen Stimmung einen weiteren Schlag. Die Aussichten hätten nicht deprimierender sein können. Nur Marlowe auf Tristans Arm freute sich auf seine Kletterstange. Er flog sofort los, als Tristan die Haustür öffnete.

»My home is my castle«, brummte er und zog seine Strickjacke aus.

Er schritt ins Wohnzimmer und schaltete sein Notebook ein, das auf dem Sekretär stand. Tristan hoffte, dass der Jungkommissar eine E-Mail mit den Lebensläufen der an der Operation beteiligten Personen gesendet hatte. Doch das Postfach war so leer wie Siegens Stadtkasse. Der Detektiv blickte auf eine kleine Wanduhr und murmelte: »Ich hoffe nur, dass sich Affolderbach nicht schon ins Wochenende verabschiedet hat.«

Kaum hatte er den Gedanken ausgesprochen, da piepste das Notebook. Tristan erkannte den

Ton und ein erleichtertes Lächeln begleitete ihn zurück an den Computer. In seinem Posteingang befand sich eine Textdatei mit den ersehnten Lebensläufen.

»Dann ist der Abend gerettet«, sagte er zu Marlowe, der sich für sein Herrchen nicht die Bohne interessierte.

Der Detektiv öffnete eine Tür unter der Schreibtischplatte seines Sekretärs. Dort befand sich der Drucker. Er legte Papier ein und hoffte, dass die Druckpatrone noch funktionstüchtig war.

»Wann habe ich das Ding das letzte Mal benutzt?« Er wusste es nicht.

Er schaltete den Drucker an und ein Selbsttest des Gerätes begann.

»Na, mal sehen«, murmelte er und startete den Druckvorgang.

Nach ein paar bangen Sekunden zog der Papiereinzug das erste Blatt ein und der Drucker begann zu arbeiten.

Nach und nach wuchs der Stapel mit bedruckten Seiten. Tristan zwang sich, mit dem Lesen zu warten, bis alle Seiten ausgedruckt waren. Dann kontrollierte er die Reihenfolge der Lebensläufe und heftete sie nach Personen zusammen. Als das erledigt war, stopfte er sich eine Pfeife und setzte sich in einen der Lesesessel. Er zündete den Tabak an und blies einen runden Rauchkringel ins Wohnzimmer. Erwartungsvoll begann er den Lebenslauf von Adam Olenberg zu lesen.

Olenberg hatte keine Geschwister und war nicht verheiratet. Der heutige Chirurg schien den Arztberuf nicht von vornherein angestrebt zu haben. Nach dem Abitur begann er ein Studium als Wirtschaftsingenieur und wurde noch während des Studiums in Bonn Mitbegründer einer Bio-Tec-Firma. Diese Firma legte einen vielversprechenden Start hin, bis plötzlich sein Partner Bert Hauser verstarb. Der Tod des Partners hatte Olenbergs Leben durcheinandergeschüttelt. Er brach das Wirtschaftsstudium ab und geriet nach Auskunft seines Führungszeugnisses öfter mit der Polizei zusammen. Er wurde sogar einmal wegen Drogenmissbrauchs angezeigt, aber es kam zu keiner Verhandlung, da man ihn nicht beweiskräftig überführen konnte.

Dann änderte sich sein Verhalten plötzlich.

Olenberg begann Medizin zu studieren, wieder in Bonn. Er fiel seinen Professoren auf und wurde gefördert, bis ihn während des Praktischen Jahres der damalige Oberarzt Ulrich Fleckenstein kennenlernte. Als Fleckenstein immer höher aufstieg, nahm er seinen neuen Schützling Olenberg mit.

Tristan legte den Lebenslauf zur Seite. Die angehängten Informationen zu Olenbergs Finanzen überflog der Detektiv. Auffälligkeiten waren aber nicht zu finden.

Er drückte den Tabak im Pfeifenkopf zusammen und nahm sich den Lebenslauf von Adina Henkel vor.

Adina Henkel war vier Jahre jünger als Olenberg und studierte ebenfalls in Bonn, allerdings Molekulare Biomedizin.

Tristan stand auf und sah ganz altmodisch in einem Lexikon nach, was unter dem Begriff zu verstehen war. Molekulare Biomedizin beschäftigt sich mit den molekularen und zellbiologischen Grundlagen des Lebens und deren krankhaften Veränderungen. Im Studium werden Methoden und das molekulare Verständnis der Naturwissenschaften mit aktuellen Inhalten der Medizin verknüpft.

»Interessant«, nuschelte Tristan am Mundstück seiner Pfeife vorbei und las weiter.

Adina Henkel war nicht verheiratet, aber schon einmal verlobt und ein Aufgebot wurde zurückgezogen. Es gab keine Eintragungen im Führungszeugnis und selbst ihr Verkehrsregister in Flensburg war sauber. Sie studierte in Bonn und war während des Studiums bei der Firma Rhein-Auen beschäftigt, bis das Unternehmen geschlossen wurde. Danach wechselte sie innerhalb der Universität zum Medizinstudium und traf dort während der Ausbildung auf Fleckenstein.

»Daher kennen die sich also«, sagte Tristan.

Die finanzielle Lage der Narkoseärztin konnte man als stabil bezeichnen. Keine auffälligen Transaktionen oder größere Geldbeträge, die eingezahlt wurden.

Enttäuscht legte er auch diesen Lebenslauf beiseite und griff sich den von Edgar Arens.

Arens wurde in Siegen geboren und lebte dort mit seiner Mutter, bis diese nochmals heiratete. Sie zogen nach Bonn und dort blieb Arens, bis er als 20-Jähriger wieder zurück nach Siegen kam, um als Pfleger im Stadtkrankenhaus eine Ausbildung zu machen. Er hatte einen Stiefbruder, der leider verstarb, und war nicht verheiratet. Er engagierte sich für seine Kollegen und entwickelte im Laufe der Zeit Methoden, um antibiotikaresistente Keime einzudämmen, was ihn mit Professor Fleckenstein zusammenbrachte. Edgar Arens' Finanzen waren genauso unauffällig wie die der Anderen mit dem großen Unterschied, dass die Ärzte sich im fetten sechsstelligen Einkommensbereich aufhielten und er mit einem Bruchteil davon auskommen musste.

Die Lebensläufe von Franz Frisch, Eric Ackermann und Agnes Lehwald ergaben ebenfalls keinen Hinweis.

Enttäuscht legte Tristan sie zur Seite. Er stand auf und klopfte die Pfeife im Kamin aus.

»Was für eine Enttäuschung«, murmelte er und legte die Lebensläufe zusammen auf den Esstisch. »Ich muss mehr über diesen Fleckenstein erfahren.«

Tristan erinnerte sich an Erichs Angebot und entschied, das jetzt sofort anzunehmen.

»Marlowe, bleib artig. Ich bin nebenan bei Erich«, rief er seinem Haustier zu und verließ das Haus.

In der Marienkirche brannte Licht, was Tristan hoffen ließ, seinen Freund dort anzutreffen.

Eine steife Brise wehte durch den Hof und einzelne Regentropfen trafen den Detektiv auf dem Weg in die Kirche.

Er fand seinen Freund in der Sakristei. Nachdem er ihm sein Anliegen mitgeteilt hatte, rief Erich seinen Bekannten an und der hatte Zeit, gleich bei Tristan vorbeizukommen.

Der Diakon beendete seine Arbeit und folgte dem Detektiv in sein Haus. Dort warteten sie auf Manfred Fischbach, der sich seit seiner Pensionierung den Biografien heimischer Ärzte widmete.

Der Vorteil, in einer Altstadt zu wohnen, lag darin, dass man bei jedem Wetter zu Fuß den Nachbarn erreichte. Selbst wenn im Winter der Siegberg tief eingeschneit war, die Straßen Schlittenpisten glichen und der städtische Räumdienst kapitulierte, konnte man als Bewohner der Altstadt immer noch Brötchen einkaufen gehen. Da Manfred Fischbach am Fuße des Siegbergs in der Flurenwende wohnte, standen spontanen Besuchen beim Detektiv nichts im Wege.

Keine zehn Minuten nach Erichs Anruf klopfte Fischbach gegen Tristans Haustür.

10

Tristan säuberte den Kamin und legte dann mehrere Holzscheite hinein. Anschließend zündete er sie an. Erich saß auf einem der Esszimmerstühle und stand auf, als es an der Haustür klopfte.

Der Diakon begrüßte Fischbach und führte ihn in das Wohnzimmer. Der alte Mann sah sich um und nickte anerkennend beim Anblick der riesigen Bücherwand.

»Das ist mein Freund, Tristan Irle«, stellte Erich vor. »Tristan, das ist Manfred Fischbach.«

Die beiden Männer gaben sich die Hände.

»Bitte, setzen wir uns doch an den Tisch«, bat Tristan und deutete auf den Esstisch. »Herr Fischbach, Sie haben doch keine Angst vor Vögeln?«

Fischbach sah den Detektiv einen Augenblick verständnislos an, dann entdeckte er Marlowe auf seiner Kletterstange.

»Oh, der Kakadu?!« raunte er. »Man erzählt sich Geschichten über den weißen Vogel.«

»Marlowe«, sagte Erich. »Er heißt Marlowe. Und wenn der kleine Racker einen guten Tag hat, dann hört er sogar auf den Namen.«

Marlowe musterte unterdessen den unbekannten Mann und entschied, seine Aufmerksamkeit auf einen *Bännel* an Tristans Strickjacke zu richten.

Die Männer setzten sich und Fischbach zog mehrere gefaltete Blätter aus der Innentasche seines Jacketts.

»Herr Roth sagte mir, dass Sie sich für den Lebenslauf des kürzlich verstorbenen Professors Fleckenstein interessieren.«

»Ja, das ist richtig«, nickte Tristan, während Fischbach die Blätter auf dem Tisch glattzustreichen begann.

»Dann scheint der Tod des Professors während einer Operation untersuchungsbedürftig zu sein?« Fischbach sah den Detektiv aus klaren wachen Augen an.

»Sie sollten nicht zu viel in meine Anfrage interpretieren«, antwortete Tristan mit einem freundlichen Lächeln.

»Nein, Herr Irle, das sollte ich nicht«, nickte Fischbach. »Was möchten Sie denn wissen, was man nicht in den offiziellen Beiträgen und ausgestellten Viten des Professors findet?«

»Sagen Sie es mir«, antwortete Tristan. »Das wird die Recherche erleichtern.«

»Dass er sich von seiner Frau getrennt hat, das wissen Sie?«

Tristan nickte.

»Dass der gute Professor eine Krankenschwester geschwängert hat, wohl eher nicht«, grinste Fischbach. »Das Kind kam vor einer Woche gesund zur Welt. Ist übrigens ein Mädchen geworden.«

»Wer ist die Mutter?« hakte Tristan nach.

»Eine Krankenschwester aus dem Stadtkrankenhaus«, antwortete Fischbach.

»Oh, das ist wirklich überraschend«, staunte Tristan. »Seine Frau hat ihn deshalb verlassen?«

»Ja, aber es gab da noch andere Gründe. Es war nicht der einzige Fehltritt, den sich der Professor leistete«, erklärte Fischbach.

»Dann gibt es noch mehr Kinder?« staunte Erich.

»Nein, das habe ich damit nicht gemeint. Es waren wohl eher die finanziellen Eskapaden, die seine Frau vertrieben«, erklärte Fischbach. »Der Professor war ein leidenschaftlicher Sammler von Oldtimern. Er selbst muss einen Mercedes SL 300 aus dem Jahr 1958 haben. Das Auto ist rund eine Million wert.«

»Als Arzt verdient man gut«, brummte Erich, der an die vielen Rentner dachte, die kaum über die Runden kamen und für ihre Medikamente noch zahlen mussten.

»Er hatte das Finanzamt mehrmals zu Gast«, berichtete Fischbach weiter. »Man hat ihm aber nie etwas nachweisen können. Der Mann verstand es, seine Spuren zu vertuschen.«

»Er kontrolliert Millionen Euros Fördergelder«, zischte Tristan. »Eine schöne Summe, mit der man arbeiten kann.«

»Oh, da muss ich intervenieren. Wenn es um seine Arbeit ging, da war er penibel. Ich glaube nicht, dass er sich da noch mal was hat zu Schulden kommen lassen.« Fischbach schien sich da ganz sicher zu sein.

»Noch mal?« Tristan sah den Biografen neugierig an.

»Ach ja, das Missgeschick finden Sie auch nicht in den offiziellen Lebensläufen. Ich bin durch Zufall bei der Befragung seines Doktorvaters drauf gestoßen. In seiner Ausbildungszeit ist ihm ein Fehler unterlaufen, das ging für den Patienten nicht gut aus. Man vermutete, dass er Aufputschmittel genommen hatte, und so die falsche Diagnose traf. Die anschließende Untersuchung ergab jedoch, dass Fleckenstein keinen Fehler gemacht haben soll.«

»Die halten zusammen«, maulte Erich. »Da hackt eine Krähe der anderen kein Auge aus.«

»Also, das Missgeschick liegt schon Jahre zurück?«

»Mehr als ein halbes Jahrzehnt«, nickte Fischbach. »Eine letzte Sache noch, von der man auch nichts wusste, war sein Engagement für Menschen, die einem Kunstfehler zum Opfer fielen. Er unterstützte mit hohen finanziellen Mitteln verschiedene Organisationen.«

»Eine ambivalente Persönlichkeit«, bemerkte Erich.

»Ja, das machte wohl sein Genie aus«, nickte Fischbach. »Jetzt wissen Sie alles, was ich herausbekommen habe, Herr Irle.«

»Herr Fischbach, damit haben Sie mir schon mal weitergeholfen«, bedankte sich der Detektiv.

Marlowe beäugte die ganze Zeit den *Bännel*, der an Tristans Strickjacke hin und her wedelte. Mit einem überraschenden Satz sprang Marlowe von seiner Kletterstange auf die Stuhllehne, die sich gleich neben seiner Stange befand.

Fischbach zuckte erschreckt zusammen. Die Ablenkung nutzte der Kakadu, um von der Stuhllehne direkt auf Tristans Schoß zu flattern, um dort an den Faden heranzukommen. Tristan ließ den Vogel gewähren, um ein größeres Chaos zu vermeiden. Marlowe schnappte sich den Faden mit seinem Schnabel und zog so kräftig daran, dass der Saum der Strickjacke riss.

»Marlowe, jetzt ist es aber genug«, schimpfte der Detektiv, griff mit beiden Händen den Kakadu und warf ihn in den Raum. Krächzend flatterte er durch das Wohnzimmer und landete auf dem Kaminsims.

»Sah ein Knab ein Rößlein stehn, / Rößlein auf den Weiden. / War schon alt und gar nicht schön, / und es konnte kaum noch sehn.«

Fischbach sah verdutzt zu dem weißen Vogel und meinte: »Hat er gerade Goethe zitiert?«

»Nein, das war Heinz Erhardt, der das Gedicht etwas abgeändert hatte«, erklärte Tristan und sah sich den Schaden an seiner Strickjacke an.

»Oh, das war beeindruckend. Man erzählt sich also keine Märchen«, murmelte Fischbach und faltete die Blätter zusammen. »Möchten Sie die behalten?«

»Das wäre hilfreich«, nickte der Detektiv.

Fischbach ließ die Blätter auf dem Tisch liegen. Die beiden Freunde begleiteten Fischbach zur Haustür und verabschiedeten ihn.

»Konnte er helfen?« fragte der Diakon, als sie allein waren.

»Kann ich noch nicht sagen«, antwortete Tristan.

»Nun, ich lasse dich jetzt allein. Deine grauen Zellen arbeiten dann am besten«, sagte Erich und wünschte dem Detektiv eine gute Nacht.

11

Tristan legte Holz im Kamin nach, stopfte sich eine neue Pfeife und setzte sich dann in einen der Lesesessel. Nachdenklich betrachtete er die Flammen des Feuers. Ihr Flackern zauberte unheimliche Schatten in das abgedunkelte Wohnzimmer. Marlowe hockte auf der Lehne des Nachbarsessels und putzte sein Gefieder. Tristan blies Rauchkringel in die Luft und dachte über den Tag nach. Die Informationen von Manfred Fischbach hatten nicht den erwünschten Durchbruch gebracht. Wenigstens kannte er jetzt Fleckensteins Geheimnisse, vielleicht würde sich daraus eine Spur ergeben.

Er formte einen weiteren Rauchkreis und blies ihn zum Kamin. Er sah ihm nach, wie er langsam zum Feuer abstieg. Dass der Professor eine soziale Ader gehabt haben sollte, verwunderte den Detektiv. Das Gespräch mit Trapp, dem Klinikleiter des St.-Josef-Krankenhauses, zeichnete ein anderes Bild des Mannes. Tristan fragte sich, wie Fleckenstein so aggressiv gegen den Klinikleiter vorgehen konnte? Vertraten sie doch beide das gleiche Anliegen, nämlich Kunstfehler zu verhindern. Hasste Fleckenstein Konkurrenz, selbst wenn es um eine humanitäre Sache ging?

Der Detektiv nickte langsam, er konnte sich das bei Fleckenstein vorstellen. Der Charakter des Professors hatte viele Schattierungen, das war nach dem Gespräch mit Fischbach sicher. Der Gedanke an Trapp weckte eine graue Zelle, die Tristan an Kokain denken ließ.

Hatte Trapp nicht behauptet, dass die Ärzte im Praktischen Jahr gerne mal zu Aufputschmitteln griffen?

Eric Ackermann wollte man Drogenmissbrauch in die Schuhe schieben. Warum, fragte sich Tristan und gab gleich die Antwort: »Um von der wahren Tat während der OP abzulenken.«

Aber Erics Mord barg ein Risiko, denn man musste das Kokain vorher irgendwo kaufen. »Wieso hat man nicht Morphine aus dem Krankenhaus genommen?«

Tristan ging an sein Bücherregal und nahm ein Fachbuch heraus. Der Unterschied bestand grob darin, dass Morphine betäuben, während Kokain stimuliert. Die angehenden Ärzte waren Stunden auf den Beinen, die wollten sich nicht betäuben sondern stimulieren.

»Wo kauft man in Siegen Kokain?« Die Frage drängte sich Tristan förmlich auf und er kannte auch schon die Antwort.

Tristan stellte das Buch zurück und schritt zum Sekretär, wo er die Lebensläufe abgelegt hatte. Er schaltete eine antike Schreibtischlampe an und blätterte die Seiten nach Passbildern durch, die Affolderbach den Lebensläufen beigefügt hatte. Tristan fotografierte sie ab.

»Also, dann versuche ich es mal ganz altmodisch herauszufinden, wer Kokain in Siegen gekauft hat«, brummte er und blickte durch die Sprossenfenster nach draußen. Die mit Regentropfen übersäten Fensterscheiben versprachen nichts Gutes.

Marlowe ließ sich von seinem Herrchen nicht aus der Ruhe bringen. Er putzte fleißig sein weißes Federkleid. Tristan legte einen Keks in den Fressnapf, eilte in die Diele, tauschte die Hausschuhe gegen festes Schuhwerk und zog sich eine Regenjacke über, in die er das Handy steckte. Der Kakadu bemerkte nicht, dass Tristan das Haus verließ.

Das Sturmtief nistete über der Krönchenstadt und blies einen regenreichen Wind durch die Altstadt. Tristan zog den Reißverschluss der Regenjacke bis zum Hals. Mit schnellen Schritten überquerte er den Hof, um über die Untere Metzgerstraße und die Alte Poststraße bis in Deutschlands steilste Einkaufsstraße zu gelangen. Sein Ziel war Siegens Drogenumschlagplatz Nummer eins, der Kunstweg. Das Wetter sprach dafür, Dealer anzutreffen, da die üblichen Streifengänge der Polizisten aus der nahegelegenen Polizeistation in der Bahnhofstraße minimal ausfielen.

Der Detektiv marschierte die Kölner Straße hinunter und überquerte die Sandstraße, um gleich danach rechts in den Kunstweg abzubiegen.

Bei all der Stadtplanung hatten die klugen Köpfe nicht das Elend von Flüchtlingen bedacht. Gerade die aus Nordafrika einfallenden jungen Männer nutzten den Drogenverkauf, um Geld zu verdienen. Dabei kam ihnen die Architektur auf der linken Flussseite entgegen. Die schmale Gasse zwischen der hochgemauerten Siegeinfassung und den Gebäuden bildete einen Kontrast zu der auf der anderen Uferseite befindlichen Siegterrasse. Die aus weißem Stein gebauten Stufen der Terrassen führten bis ans Wasser der Sieg. Im Sommer waren sie beliebte Treffpunkte junger Leute, die sich dort sonnten. Mit ihnen kamen die Dealer, dann die Schlägereien und die ersten Verletzten. Die Polizei reagierte mit mehr Präsenz, doch abends wurde die Gegend gefährlich. Der Kunstweg bot genügend Stellen, an denen man ungestört Drogen verkaufen konnte. Außerdem sahen die Dealer rechtzeitig, wenn die Polizei aufmarschierte und konnten sich schnell aus dem Staub machen.

Tristan wusste dies, und dank seines regelmäßigen Aikidotrainings würde er sich bei einem Streitfall wehren können. Doch so weit wollte der Detektiv es gar nicht kommen lassen. Mit festen Schritten ging er den Kunstweg entlang und entdeckte zwei Gestalten, die sich in einem Türeingang vor dem Regen schützen wollten. Der Detektiv steuerte die beiden direkt an und merkte, dass sie ihn genau beobachteten. Tristan gehörte nicht zu dem üblichen Kundenkreis der Dealer, doch durch die Regenjacke und die Dunkelheit konnten die Drogenhändler das nicht erkennen. Sie warteten, bis er sie ansprach.

»Verstehen Sie mich?« war das Erste, was Tristan fragte, als er die Gesichter der jungen Männer erkannte. Sie sahen nicht wie geborene Siegerländer aus.

Einer von ihnen nickte, während der zweite sich etwas zur Seite bewegte.

»Gut«, Tristan zückte sein Handy und öffnete ein Bild. »Ich möchte wissen, ob Sie eine der Personen wiedererkennen?«

»Wieso?« fragte der größere *Usswaerdije.*

»Sie würden mir damit helfen«, antwortete Tristan und lächelte.

Das Lächeln wurde nicht erwidert. Der andere *Usswaerdije* schlich weiter nach links.

»Das macht 'nen 50er«, sagte der größere *Usswaerdije.*

»Gut, dann eben nicht«, antwortete Tristan.

»Schönes Handy«, grinste jetzt der größere *Usswaerdije.* »Lass hier!«

»Wie bitte?« Tristan veränderte seinen Stand gerade noch rechtzeitig, bevor ihn der kleinere von der Seite angriff.

Tristan parierte den Angriff, indem er den Gegner mit Wucht gegen die Brüstung an der Sieg schleuderte.

Der Größere zückte ein Messer.

»Das würde ich bleiben lassen«, warnte Tristan und wehrte den Angriff ab, indem er dem Mann den Unterarm brach. Das Messer fiel zu Boden.

Der schrie auf, was den anderen die Flucht ergreifen ließ.

»Halt, wo willst du hin!« zischte Tristan wütend und packte den verletzten Mann am gebrochenen Arm. »Ich frage dich nochmals, kennst du eine der Personen?«

»Loslassen«, wimmerte der Mann, »sage was ich weiß.«

Tristan ließ den Mann los und zeigte ihm noch einmal die Handyfotos.

Dieses Mal schaute sich der Dealer die Bilder an und zeigte schließlich auf eines der Fotos.

»Hat viel gekauft«, kommentierte er das Bild. »Kann gehen?«

Tristan sah sich den gebrochenen Arm an. »Du solltest das schienen lassen, hau ab.«

Das ließ sich der *Usswaerdije* nicht zweimal sagen und folgte seinem Partner.

Tristan atmete einmal tief ein. Das Adrenalin löste sich in seinem Blut auf und er begann zu zittern.

»Ich bin zu alt für den Mist«, fluchte er und ging langsam zurück in Richtung Bahnhofstraße. »Jedenfalls hat der Ausflug etwas gebracht.«

Der Regen blies fast waagerecht durch die Stadt, als Tristan die Sandstraße erreichte. Ohne auf die Fußgängerampel zu achten schritt er zügig die Einkaufsstraße hinauf. Die Glocken im Dicken Turm schlugen 12-mal, als er Karstadt passierte.

Plötzlich blieb er stehen. Ein Gedankenblitz schoss durch seine grauen Zellen und ließ sie leuchten.

»Elisabeths Tipp – warum habe ich da nicht gleich dran gedacht!« rief er laut.

Mit einem Male sah er Verbindungen von Personen und Zusammenhänge von Taten, die ihm bis dato als zufällige Begebenheiten erschienen waren.

»Wieso habe ich das nicht schon eher gesehen!« schimpfte er sich.

Als er völlig durchnässt in der Diele seines Hauses die Regenjacke und Schuhe abstreifte, wusste er, was am nächsten Morgen zu unternehmen sei.

6. Die Jagd begann …

Samstag

Die Jagd begann, doch zuvor gönnte sich Tristan ein kräftiges Frühstück. Der Detektiv saß mit seinem Haustier in der Küche. Marlowe durfte auf der Stuhllehne am Frühstückstisch teilnehmen. Er wurde von Tristan gefüttert.

»Das ist eine Ausnahme«, betonte der Detektiv.

Marlowe ignorierte das Gerede und zerkleinerte mit seinem Schnabel die Brötchenstücke, die ihm sein Herrchen reichte.

Tristan hatte für den heutigen Tag einen Plan. Zuerst würde er Pfeiffer in der Kreispolizeibehörde aufsuchen. Er hatte dort zu diesem Zweck bereits angerufen und erfahren, dass die Beamten im Haus auf ein Untersuchungsergebnis warteten.

»Das dürfte die Untersuchung der Klümpchen sein«, sagte Tristan zu Marlowe. »Wenn das Ergebnis meiner Intention entspricht, dann wissen wir, wie der Professor den Blutverdünner eingenommen hat.«

Der vordringliche Grund seines Besuches würde aber ein anderer sein.

Geplant war es dann, von der Wache aus weiter zum Stadtkrankenhaus zu fahren. Auch dort hatte er bereits seinen Besuch mit der Klinikleiterin abgestimmt.

Marlowe schien keinen Appetit mehr zu haben, denn er verweigerte das letzte Stück Brötchen, das ihm Tristan hinhielt.

»Okay, dann sind wir hier jetzt fertig«, nickte der Detektiv und deckte den Tisch ab.

Marlowe würde ihn heute begleiten, was bedeutete, dass er allein im Auto sitzen bleiben musste. Aus diesem Grund hatte Tristan ihn gut gefüttert, das machte den Kakadu träge.

»Eine Plastiktüte werde ich brauchen«, murmelte er vor sich hin, während er die Spülmaschine füllte.

Als die Küche aufgeräumt war, zog er sich warme Kleidung über, steckte die Plastiktüte ein und nahm Marlowe auf den Arm. Draußen im Hof wehten einzelne Blätter wie verlorene Seelen über das nasse Pflaster. Der Wind pfiff wie die Tage zuvor durch die Altstadtgassen und trieb feine Regentropfen vor sich her.

Der Detektiv beeilte sich, in sein Auto zu gelangen. Marlowe wurde auf die Stange zwischen den Vordersitzen gesetzt. Dann legte Tristan die Plastiktüte unter die Stange. Der weiße Racker würde so sein verdautes Frühstück nicht zwischen den Sitzen auf dem Boden des schönen Oldtimers hinterlassen. Als dies erledigt war, drehte er den Zündschlüssel und ein jämmerliches Quietschen des Anlassers war zu hören.

»Nein, das darf doch jetzt nicht wahr sein!« Mit einer bösen Vorahnung stieg er aus und öffnete die Motorhaube.

So schön alte Autos auch waren, bei gewissen Wetterlagen zeigten sie Schwächen. Tristans Borgward oder genauer die 12-Volt-Batterie des Oldtimers mochte kein nasskaltes Wetter. Sie entlud sich dann sozusagen aus Trotz. Nur wenn sie vollständig aufgeladen war, überstand sie eine nasskalte Nacht. Tristan war in den letzten Tagen nur kurze Strecken unterwegs gewesen, das reichte nicht aus, um die Batterie vollständig zu laden.

Er überprüfte alle Kabel, nicht dass noch ein Marder die Zündkabel zerbissen hatte. Als das geklärt war und kein Defekt vorlag, ging er zum Kofferraum, öffnete ihn und nahm eine Starterbatterie heraus. Dieses mit Strom gefüllte kleine Gerät diente als Anlasserhilfe. Er klemmte es an die Batterie, setzte sich ins Auto und drehte das Zündschloss erneut um. Dieses Mal zog der Anlasser durch und startete den Motor.

Tristan klemmte die Starterbatterie ab, schloss die Motorhaube und legte die Starthilfe zurück in den Kofferraum.

»So, jetzt kann es losgehen«, brummte er im Auto und legte den Gang ein.

Die Straßen waren so früh an einem Samstagmorgen leer. Selbst der Marktplatz vor dem Rathaus war wegen des Wetters nur leicht besucht. Tristan lenkte den Borgward durch die Oberstadt, am Marburger Tor vorbei und den Kampen hinunter in Richtung Weidenau. Nach ein paar Minuten Fahrt parkte er den Oldtimer vor dem Kreispolizeigebäude an der Weidenauer Straße.

»Marlowe, du bleibst hier sitzen!« befahl er. Dann überkam ihn ein schlechtes Gewissen, Marlowe bei dem miesen Wetter allein im Auto zu lassen und kraulte dem Kakadu zum Abschied die Brust.

Er betrat das Gebäude und wurde von einem uniformierten Polizisten angesprochen: »Man erwartet Sie oben.«

»Danke«, antwortete Tristan und wusste, dass Pfeiffer in seinem Büro zu finden war.

Die Tür stand offen, als der Detektiv den Raum erreichte.

Pfeiffer saß an seinem Schreibtisch und hielt einen Becher Kaffee in der Hand. Holzbaum aß ein Brötchen am gegenüberliegenden Schreibtisch, dessen Krümel über die ganze Schreibplatte verteilt lagen. Affolderbach war nicht anwesend.

»Morgen, die Herren«, grüßte Tristan freundlich und wurde durch die spartanische Ausstattung des Büros daran erinnert, dass Pfeiffers Team zur Mordkommission Hagen gehörte und das Büro nur benutzte, wenn es in Siegen ermittelte.

»Ihnen auch einen guten Morgen«, knurrte Pfeiffer. »Um es gleich zu sagen, wir haben noch keine Ergebnisse der Klümpchen-Untersuchung.«

»Deshalb bin ich nicht hier«, antwortete der Detektiv. »Ich habe gestern Abend einen Ausflug gemacht.«

»Bei diesem Wetter!« Pfeiffer schüttelte den Kopf. »Ich werde euch Siegerländer nie verstehen.«

»Es war kein Vergnügungsausflug«, erklärte Tristan ernst. »Ich habe einen Dealer gesucht.«

»Sie sind süchtig?« Pfeiffers bis dato müde blickenden Augen funkelten auf. »Es geschehen noch Zeichen und Wunder, der perfekte Detektiv ist süchtig.«

»Nein, ich bin nicht süchtig, Pfeiffer«, erwiderte Tristan laut. »Ich habe den Dealer gesucht, weil ich glaubte, dass der Mörder von Eric Ackermann das Kokain in Siegen gekauft hat.«

»Und, hat er?« murmelte der Hauptkommissar.

»Ja, ich habe einen Dealer gefunden, der behauptet, das Zeug an diese Person verkauft zu haben.« Tristan zeigte den Beamten das Passfoto auf seinem Handy. »Er war leider nicht von Anfang an gesprächig.«

»Wie meinen Sie das?« grinste Pfeiffer.

»Ich wurde angegriffen, da habe ich mich gewehrt, was zu einem Knochenbruch geführt hat«, erklärte der Detektiv.

»Da Sie noch heile sind, gehe ich davon aus, dass der Dealer das nicht mehr ist«, brummte der Hauptkommissar.

»Ihr Verstand arbeitet hervorragend«, nickte Tristan. »Sie sollten den Kerl suchen lassen. Wir brauchen eine offizielle Aussage.«

»Na, das wird aber nicht so einfach werden«, maulte Pfeiffer. »Der wird doch schon über alle Berge sein.«

»Na ja, mit dem gebrochenen Arm denke ich eher nicht«, antwortete Tristan.

»Sie sind mir einer!« Pfeiffer stellte den Kaffeebecher ab und sagte: »Haben Sie eine Personenbeschreibung?«

»Sie meinen außer: „Hat einen gebrochenen Arm?“«

»Ja«, stöhnte der Hauptkommissar.

Tristan beschrieb den *Ussweardjien* so gut es ging. Pfeiffer, der überraschenderweise einen Computer benutzte, tippte die Beschreibung ein und gab eine Fahndung heraus.

»Wäre das dann alles?« Pfeiffer nahm den Kaffeebecher erneut in die Hand.

»Nein, da wäre noch was«, antwortete Tristan und erklärte den Beamten, was er in der letzten Nacht herausgefunden hatte. »Es wäre gut, wenn wir den Namen der Firma herausbekommen könnten.«

»Darum kann sich Holzbaum kümmern«, befahl Pfeiffer.

Holzbaum nickte und schluckte den Rest des Brötchens hinunter.

»Dann würde ich mir gerne nochmals das Video ansehen«, bat Tristan den schwergewichtigen Kommissar.

»Kein Problem«, nickte Holzbaum und wischte die Krümel von der Schreibtischplatte. Dann startete er den Computer und winkte Tristan zu sich.

»Welche Stelle möchten Sie genau sehen?« fragte er.

»Von Anfang an, bitte«, sagte Tristan und Holzbaum startete das Video.

Tristan sah genau hin und nach wenigen Minuten ließ er es anhalten.

»Das war es schon?« wunderte sich Holzbaum.

»Ja, habe alles gesehen«, nickte der Detektiv und schrieb einen Namen auf ein Blatt, das vor Holzbaum lag. »Sagen Sie Affolderbach, er soll sich alle Internetbewegungen von dieser Person ansehen.«

»Was haben Sie gesehen?« Pfeiffer sprang auf und eilte zu den beiden.

»Erkläre ich Ihnen später«, grinste Tristan und verabschiedete sich.

2

Pfeiffer mit offenem Mund stehen zu lassen tat dem Detektiv auf seltsame Weise gut. Mit einem fetten Grinsen im Gesicht fuhr er die Weidenauer Straße entlang in Richtung Stadtkrankenhaus. Dort parkte er wieder im Parkhaus und ließ Marlowe erneut allein zurück.

Der Kakadu hatte sich bis dahin friedlich verhalten und im Dämmerzustand sein Frühstück verdaut.

Tristan wurde von Henriette Brenner in ihrem Büro empfangen.

»Was führt Sie an einem Samstag hierher?« fragte Henriette neugierig. »Ist es immer noch der Mordfall? Ich dachte, Eric Ackermann sei der Täter?«

»Bevor wir das mit Sicherheit sagen können, muss ich ein paar Dinge überprüfen«, antwortete Tristan freundlich.

»Dinge überprüfen!« wiederholte die Klinikleiterin, als wäre sie eine strenge Lehrerin. »Was genau wollen Sie überprüfen?«

»Ihre Warenwirtschaft«, antwortete der Detektiv. »Sehen Sie, ich hatte gestern ein Gespräch mit Zachariah Trapp. Der brachte mich darauf, dass ein modernes Krankenhaus ein Warenwirtschaftssystem betreibt.«

»Natürlich benutzen wir so ein System. Wie sollten wir sonst über unseren Bestand Bescheid wissen«, antwortete Henriette. »Sie wollen da mal reinschauen?«

»Ja, das würde ich gerne«, nickte Tristan.

»Sie kennen sich mit solchen Systemen aus?« fragte sie spitz.

»Ich denke, dass Sie Kommissionen oder etwas Ähnliches für Operationen anlegen«, antwortete der Detektiv.

»Ja, so was Ähnliches. Sie wollen also den abgerufenen medizinischen Bedarf an Geräten, Binden, Spritzen usw. für die Hüft-OP prüfen?«

»Sie haben es verstanden«, nickte Tristan mit einem sarkastischen Lächeln.

»Na, da will ich Ihnen mal helfen«, nickte die Klinikleiterin. »Kommen Sie hinter den Schreibtisch. Wir können uns das von hier aus ansehen.«

Henriette betätigte die Tastatur ihres Computers und plötzlich erschien eine Tabelle. Sie war in Spalten aufgeteilt, die Produktnummern, Produktnamen, Produktmenge, Entnahmezeitpunkt und Benutzer enthielten.

»Hatten Sie sich das nicht angesehen?« fragte Henriette nachdenklich.

»Doch, aber da wusste ich noch nicht, wonach ich suchen musste«, antwortete Tristan, der seine Halbbrille zurechtrückte und die Tabelle durchging. »Könnten Sie die Tabelle ausdrucken?«

Henriette nickte und drückte eine Taste. Wenig später begann der Drucker Seiten auszuwerfen.

Tristan nahm sie und ging die Spalten durch.

»Das hier, das ist es«, sagte er schließlich. »Können wir nachsehen, ob das Produkt wirklich verwendet wurde?«

Henriette blickte ihn verwundert an. »Wenn Sie meinen. Dafür müssten wir ins Lager.«

Sie stand auf und führte Tristan aus dem Büro. »Ihnen ist schon klar, dass sich alle auf der Liste genannten Produkte im Operationssaal befanden?«

»Ja, das nehme ich an. Aber was ist mit den Mitteln, die nicht gebraucht wurden?« hakte Tristan nach.

»Die werden erneut erfasst und ins Lager zurückgelegt«, antwortete Henriette.

»Sehen Sie«, antwortete Tristan.

»Das hätten wir im Computer nachsehen können«, erwiderte sie.

»Nun, ich bin noch analog gepolt«, lächelte Tristan.

Sie erreichten das Lager, wo sie auf den OP-Manager trafen.

»Ach, Sie schon wieder«, stöhnte dieser. »Ich hatte Ihnen doch gesagt, dass wir die OP nicht vorbereitet haben.«

»Ja, das habe ich behalten«, antwortete Tristan freundlich. »Ich würde mir gerne nochmals die Bestände ansehen.«

»Das hat die Polizei doch schon getan«, erwiderte der Mann ungehalten.

»Bitte, seien Sie so nett«, ermahnte die Klinikleiterin ihren Angestellten.

»Meinetwegen«, murrte er und führte sie zu dem Lagerschrank.

»Können Sie nach dieser Nummer sehen?« Tristan reichte ihm die Liste, auf der er mit dem Zeigefinger auf eine Nummer deutete.

»Wenn es sein muss«, murrte er und begann Schubladen zu öffnen. »Die wird nicht zu finden sein. Die wurde ausgegeben für die Hüft-OP.«

»Was passiert, wenn man das Teil nicht brauchte?« fragte der Detektiv.

»Dann kommt es zurück und wird neu eingescannt«, antwortete der OP-Manager.

»Wer legt die Sachen zurück?« wollte Tristan weiter wissen.

»Das machen die Schwestern und Pfleger nach der OP«, antwortete der Manager. Dann hielt er inne und zog eine verschweißte Plastiktüte heraus. »Das glaube ich jetzt nicht!«

»Wie lautet die Seriennummer?« fragte Tristan.

»Sie ist identisch mit der auf der Liste«, antwortete er verwirrt.

»Was ist hier geschehen?« mischte sich Henriette ein.

»Wir haben gerade das echte Sägeblatt gefunden, das für die Fleckenstein-Operation bereit lag«, erklärte Tristan.

»Aber, wenn es da ist! Dann gab es gar keine Fälschung?« Henriette blickte ungläubig zwischen dem OP-Manager und Tristan hin und her.

»Doch, die gab es! Nur nicht in Ihrem Krankenhaus. Das falsche Sägeblatt hat jemand mitgebracht!«

3

Auf der Rückfahrt vom Krankenhaus hielt Tristan nochmals bei der Polizeibehörde. Die Kommissare saßen immer noch in ihrem Büro, hatten aber mit Affolderbach Zuwachs bekommen.

»Meine Herren, ich muss Ihnen etwas mitteilen«, begann der Detektiv. »Ich habe soeben das eigentlich für die OP vorgesehene Sägeblatt in dem Bestand des Stadtkrankenhauses gefunden.«

»Wie ist das denn gelungen?« wunderte sich Affolderbach.

»Das war ganz einfach. Statt den Computern zu vertrauen habe ich auf den Ordnungssinn der Schwestern und Pfleger gesetzt.«

»Äh, das müssen Sie erklären«, murrte Pfeiffer. »Die haben da doch so ein System, das man nicht austricksen kann.«

»Das nennt sich Warenwirtschaft«, ergänzte Affolderbach. »Und es sollte jede Bewegung von Materialien dokumentieren.«

»Macht es auch«, antwortete Tristan. »Doch wir haben es immer noch mit Menschen zu tun. Das dürfen wir nicht vergessen. Und die Krankenschwestern und Pfleger sind sehr verantwortungsbewusst. Das hat uns Agnes Lehwald doch bewiesen. Sie wusste genau, dass sie den richtigen Blutbeutel ausgewählt hatte. Das brachte mich darauf, dass andere Krankenschwestern genauso verantwortungsbewusst sind.

Als wir am Mittwoch mit den Ermittlungen begannen, haben wir den OP-Saal blockiert und untersucht. Wir haben uns auf das gefälschte Sägeblatt gestürzt und es als das Einzige akzeptiert, ohne dabei nach einem zweiten Sägeblatt Ausschau zu halten. Wir haben sofort die Bestände überprüfen lassen, in denen das Sägeblatt als für die OP ausgegebenes Material aufgeführt wurde. Weiter sind wir davon ausgegangen, dass das gefälschte Sägeblatt vom Krankenhaus bereitgestellt wurde, da die Computer ja klar anzeigten, dass ein Sägeblatt aus dem Bestand des Krankenhauses genommen wurde.

Nachdem der OP-Saal dann wieder freigegeben wurde, ging der Betrieb weiter. Eine neue OP wurde angesetzt und dabei fand man das original verpackte Sägeblatt und legte es in den Lagerraum zurück. Hätten wir alle Bewegungen der Warenwirtschaft genau angesehen, wäre es uns aufgefallen.«

»Aber jeder wusste doch, dass wir ein gefälschtes Sägeblatt als Tatwaffe hatten«, warf Pfeiffer ein.

»Nein, das ist nicht wahr. Offiziell ist der Professor bei einer OP verstorben. Einzelheiten sind nicht öffentlich gemacht worden«, verbesserte Tristan. »Nur die Beteiligten wussten von dem Sägeblatt und dann später die Klinikleitungen. Das OP-Chaos ist bis jetzt nur ein Gerücht, das sich langsam zu einer Tatsache entwickeln wird. Aber am Donnerstag dachte keiner an einen Zusammenhang, als das Sägeblatt zurückgelegt wurde.«

»Wer hat dann das gefälschte Blatt mitgebracht?« fragte Affolderbach.

»Oh, das sieht man auf dem Video«, grinste Tristan und fragte: »Sind die Untersuchungsergebnisse mittlerweile eingetroffen?«

Holzbaum startete sofort das Video, Affolderbach gesellte sich zu dem Kollegen. Pfeiffer spielte den Coolen und beantwortete Tristans Frage.

»Ja, die Klümpchen waren mit einem Medikament, das die Blutgerinnung unterdrückt, versetzt.« Er spielte mit seiner E-Zigarette. »Mehr hat das Labor aber nicht herausbekommen.«

»Damit wissen wir, dass jemand den Mord an Fleckenstein von langer Hand geplant hatte«, antwortete Tristan.

»Das konnte man sich doch schon vorher denken«, maulte Pfeiffer, der langsam durch das Büro bis zu Holzbaum geschlichen war. Mit dem richtigen Blickwinkel erkannte auch er, wer das gefälschte Sägeblatt in den OP-Saal eingeschmuggelt hatte.

»Mann oh Mann, was für eine Schweinerei«, zischte Pfeiffer. »Was machen wir jetzt?«

»Was haben Sie über die Firma herausbekommen?« fragte der Detektiv ungeachtet Pfeiffers Frage.

»Affolderbach! Wie heißt die Firma?« fragte Pfeiffer.

»Rhein-Auen«, antwortete der junge Kommissar.

»Sagt Ihnen das was? Mir sagt es nämlich gar nichts«, brummte der Hauptkommissar.

»Mir sagt es etwas«, nickte Tristan und zückte sein Notizbuch. Er blätterte einen Augenblick darin herum, dann schien er das Gesuchte gefunden zu haben und reichte Pfeiffer das Notizbuch. »Können Sie mehr über diesen Namen herausbekommen?«

»Affolderbach, übernehmen Sie das nochmals«, befahl Pfeiffer und gab das Notizbuch Affolderbach. »Sonst noch was?«

Der Jungkommissar notierte sich den Namen und gab Tristan das Notizbuch zurück.

»Nein, das wäre alles«, antwortete Tristan. »Hat man den Dealer schon gefunden?«

»Wir arbeiten dran«, knurrte Pfeiffer.

Tristan verabschiedete sich an diesem Vormittag zum zweiten Male und fuhr nach Hause. Marlowe freute sich darüber, endlich das enge Auto verlassen zu können. Kaum dass Tristan ihn aus dem Borgward hob, flatterte er trotz des miesen Wetters in den Hof. Er drehte eine große Schleife und landete auf Tristans Arm, als der die Haustür öffnete.

Im Wohnzimmer setzte sich der Detektiv sofort an seinen Sekretär und begann die neuen Erkenntnisse dem Fall zuzuordnen. Nach und nach ergab sich ein Bild, das den Tatverlauf wiedergab. Als Tristan den Fall gelöst hatte, kamen ihm Zweifel, genügend Beweise vorlegen zu können, denn manches vom Tathergang beruhte auf Annahmen. Deshalb ging er nochmals alle Fakten durch. Doch eine Schwachstelle blieb, er wusste, dass ihm an dieser Stelle nur ein Bluff weiterhelfen würde.

Dann rief Tristan Hauptkommissar Pfeiffer an und anschließend Staatsanwalt Büdenbender. Beiden erklärte er, den Fall gelöst zu haben. Staatsanwalt Friedrich Büdenbender sollte dafür sorgen, dass alle Beteiligten im Konferenzraum der Univerwaltung zusammenkamen. Polizeifahrzeuge wurden bereitgestellt, um die Personen abzuholen und sicherzustellen, dass keiner die Flucht ergriff.

4

Selbst an einem Samstag ruhte der Betrieb an der Universität nicht. Durch die schändliche

Hochschulreform in den „Nuller"-Jahren wurde das jahrhundertjahre geltende Humboldtische-Bildungsideal verraten und zu Gunsten anglo-amerikanischer Vorbilder umgekrempelt. Das führte zu einer Verschulung der Studiengänge und Entmündigung des Studenten. Jetzt gab es Stundenpläne, Seminarklausuren und Tests statt frei gewählte Seminare, Hausarbeiten und Referate. Und weil die Studentenzahlen ständig stiegen und in der Woche gelehrt wurde, war der Platz knapp geworden. Deshalb mussten die Studierenden an Samstagen Klausuren und Tests schreiben, da an diesem Tag die Räume frei waren.

Die Parkplätze waren zur Hälfte belegt, doch dank der Polizei hatte man die Schranke vor dem Verwaltungsgebäude hochgefahren. Tristan lenkte den Oldtimer vorsichtig durch die Schranke und suchte sich den Parkplatz mit dem Schild „Rektor" aus. Erich hatte Marlowe zu sich genommen. Der Kakadu hätte bei dem, was sich nun abspielen sollte, nur gestört.

Hauptkommissar Pfeiffer erwartete Tristan am Eingang des Gebäudes.

»Ist alles vorbereitet?« fragte Tristan.

»Ja, wir haben den Konferenzraum abgeschirmt. Arens hat Ärger gemacht. Der Rektor und der Kanzler fanden die Aktion nicht in Ordnung und beschwerten sich von wegen Freiheit der Forschung und so«, erklärte Pfeiffer gelassen.

»Na, dann wollen wir mal«, nickte der Detektiv.

»Es sind noch nicht alle anwesend«, sagte Pfeiffer. »Es fehlt noch der Klinikleiter des Robert-Koch-Krankenhauses.«

»Das ist Karl Kötting, nicht wahr«, fragte Tristan.

»Ja«, nickte Pfeiffer.

»Der wird auch noch kommen«, stöhnte der Detektiv. »Lassen Sie uns nach oben gehen.«

Im Konferenzraum warteten bereits das komplette Operationsteam, die Klinikleiterin Henriette Brenner, der Klinikleiter Zachariah Trapp sowie Rektor und Kanzler der Universität Siegen. Staatsanwalt Büdenbender hielt sich im Hintergrund auf, während Affolderbach ein Notebook an den riesigen Flachbildschirm anschloss, der am Kopfende an der Wand befestigt war. Holzbaum stand an der Tür und sorgte allein durch seine körperliche Präsenz dafür, dass keiner auf die Idee kam, den Raum zu verlassen.

Als schließlich auch Karl Kötting von der Polizei in den Konferenzraum eskortiert wurde, begann Tristan freundlich zu sprechen: »Für den ungewöhnlichen Abholservice möchte sich der Staatsanwalt Büdenbender entschuldigen.«

Büdenbender nickte kurz und jedem im Raum wurde schlagartig klar, dass dies keine Unterhaltungsshow werden würde.

»Wie man mir sagte, gab es den einen oder anderen Widerstand, freiwillig hierher zu kommen. Es wird jedoch keinen Ärger für die betreffenden Personen geben.«

Tristan sah Edgar Arens an, der sich fast mit der Polizei geprügelt hätte.

»Was haben wir mit der Sache zu tun?« rief Rektor Landau laut in den Raum.

»Dazu kommen wir noch«, antwortete Tristan ruhig. »Je weniger Zwischenrufe es gibt, desto schneller sind wir hier fertig!«

Landau verzog sein Gesicht zu einer Grimasse.

»Wenn Sie sich jetzt alle bitte setzen würden«, bat der Detektiv.

Es begann ein lautes Stühlerücken. Keiner sprach mehr ein Wort, dafür flogen wütende Blicke quer durch den Raum. Hätten die jedes Mal einen Ton abgegeben, wenn sie abgefeuert wurden, dann hätte es wie auf einem Schlachtfeld gedröhnt.

Tristan blickte zu Affolderbach, der auf das Notebook deutete und dem Detektiv ein Okay-Zeichen gab.

»Wir haben diesen Raum ausgewählt, weil er einen riesigen Flachbildschirm besitzt. Es wird später ein Video gezeigt, das Dr. Olenberg so nett war, aufzunehmen.«

Tristan machte eine Pause und sah dem Chirurgen direkt in die Augen.

»Wie Sie sich denken können, geht es bei dieser Zusammenkunft um die Aufklärung der Morde an Professor Fleckenstein und an Eric Ackermann«, sprach der Detektiv weiter.

»Ich dachte, das wäre ein Unfall gewesen!« warf Zachariah Trapp ein.

»Nein, das war es nicht«, antwortete Tristan verärgert wegen des erneuten Zwischenrufes. »Es war ein von langer Hand vorbereiteter kaltblütiger Mord. Und ich kann es beweisen.«

Die Aufmerksamkeit aller Beteiligten war dem Detektiv sicher.

»Lassen Sie mich die Ereignisse von Mittwoch kurz zusammenfassen. Es sah aus, als sei ein Materialfehler der Auslöser einer verhängnisvollen Kette von Missgeschicken gewesen. Beim Zertrennen des Oberschenkelknochens brach das Sägeblatt und zerfetzte das Gewebe der offenen Wunde. Es wurden Maßnahmen eingeleitet, die entstandene Blutung zu stoppen, aber sie griffen nicht. Außerdem schnitt der Chirurg am Oberschenkelknochen vorbei tief in den Muskel und zertrennte die Aorta. Es dauerte nicht lange und der Patient verblutete auf dem OP-Tisch.«

Tristan ging ein paar Schritte vor dem Flachbildschirm hin und her.

»Neben dem Auslöser für das offensichtliche Unglück, dem zerbrochenen Sägeblatt, wurde wenig später ein falscher Blutbeutel entdeckt, was man der Krankenschwester Agnes Lehwald als Fehler zuschrieb.«

Agnes rutschte unruhig auf ihrem Stuhl hin und her.

»Sie bat mich um Hilfe, die ich ihr gerne gab«, erklärte Tristan, »da ich mir nicht vorstellen konnte, dass ein medizinisches Werkzeug einfach so zerbrechen konnte. Wie sich herausstellte, war das Sägeblatt eine Fälschung aus billigem Aluminium. Und was noch wichtiger ist, mir aber erst gestern Abend richtig klar wurde: Das falsche Sägeblatt diente wie bei einem guten Zaubertrick als Ablenkung. Ich muss sagen, das hat bis zu einem gewissen Punkt funktioniert. Die Polizei und ich haben uns darauf gestürzt, herauszubekommen, wie das falsche Sägeblatt in die Knochensäge gelangen konnte. Wir haben schließlich festgestellt, dass diese Fälschung aus China stammte und über das Internet bestellt werden konnte. Mithilfe von Bundesbehörden und der Datenvorratsspeicherung haben wir den Besteller ausfindig machen können. Doch dazu später mehr.

Denn während das Sägeblatt als Ablenkung diente, waren andere von langer Hand getroffene Maßnahmen tödlich.

Lassen Sie mich hier etwas über Professor Fleckenstein sagen. Dieser Mann war keineswegs beliebt. Er hatte Tatkraft, die Ihnen, Herr Rektor Landau, gelegen kam, konnten Sie doch zusammen einen neuen Studiengang an der Universität Siegen installieren. Mit einem pfiffigen Kanzler an Ihrer Seite lockten Sie dem Land NRW so 6,5 Millionen Euro jährlicher Förderung aus der Landeskasse. Was Sie aber gar nicht mochten, war die Tatsache, dass Fleckenstein mehr Kontrolle über die Gelder hatte als Sie. Der Arzt war nicht nur Ärztlicher Direktor, sondern auch noch Dekan und für die Verteilung der Fördergelder an die Krankenhäuser zuständig.

Wäre der Kanzler nicht auf die großartige Idee gekommen, ein Eingangskonto einzurichten, von wo aus das Fördergeld verteilt wurde, dann hätte die Uni davon gar nichts gehabt. So zwackte Herr Haberland hier und da mal ein wenig ab, um offene Rechnungen auszugleichen.

Das machte Sie, Herr Landau, und auch Sie, Herr Haberland, verdächtig!

Während wir bei allen anderen Beteiligten noch kein Motiv sahen, ergab Unterschlagung ein gutes Motiv. Die Theorie: Fleckenstein hatte es herausbekommen und der Kanzler brachte vor der Operation einen Strauß Blumen ins Krankenhaus, auf die Fleckenstein allergisch reagierte. Das könnte man als einen Mordanschlag betrachten.

Und Sie, Herr Rektor, haben sich fast täglich mit dem Opfer getroffen, wobei Sie ihm eine bestimmte Sorte Klümpchen mitbrachten.«

»Das sind Süßigkeiten aus dem Naschwerk gewesen«, empörte sich Landau. »Was ist daran mörderisch!«

»Dazu komme ich jetzt«, antwortete Tristan. »Bei der Obduktion wurde festgestellt, dass Fleckenstein eine Überdosis eines Medikamentes in sich hatte, das die Blutgerinnung verhinderte. Der Professor hatte dieses Medikament über Bonbons eingenommen, die Sie, Herr Landau, ihm mitgebracht hatten.«

»Das kann nicht sein!« rief der Rektor aufgebracht.

»Beide Faktoren, die allergische Reaktion und die verhinderte Blutgerinnung, reichten aus, dass die Hüft-Operation zum Tod führen würde«, erklärte Tristan. »Doch da hatten wir ja noch die Ablenkung! Das falsche Sägeblatt. Wie hätten Landau und Haberland das falsche Sägeblatt in den OP-Saal bringen können?«

Der Rektor nickte hastig mit dem Kopf. »Ja, genau, wie hätte ich das machen sollen?«

»Nun, dass Erste, was mir einfiel: Sie hatten einen Partner. Henriette Brenner hätte das Sägeblatt problemlos austauschen können. Sie hatte ebenfalls ein Motiv, da Fleckenstein das Stadtkrankenhaus verlassen wollte und damit ihr bester Mann und Aushängeschild des Krankenhauses verloren ging. Sie hat auch keinen Hehl daraus gemacht, dass sie wütend auf den Professor war.«

Henriette saß ruhig da und hörte sich die Beschuldigungen an.

»Es wäre eine schlüssige Beweisführung geworden, hätte nicht der falsche Blutbeutel das ganze Szenario unglaubwürdig gemacht. Denn wie sollte Henriette Brenner, die dem Vortrag des Staatsanwaltes am Tag der OP gelauscht hatte, den Blutbeutel austauschen?«

Die Anwesenden starrten den Detektiv ungläubig an.

»Ach ja, der falsche Blutbeutel. Sie erinnern sich, dass man Agnes Lehwald nach der OP beschuldigte, das falsche Blutplasma verwendet zu haben, infolgedessen der Patient gestorben sein soll. Die Obduktion ergab dann jedoch ein anderes Bild und es wurde klar, dass Agnes nicht an dem Tod des Professors schuldig war. Aber wenn sie, was ich ihr glaubte, nicht den falschen Beutel verwendet hatte, wer war es dann?

Schließlich hing am Ende der OP das falsche Blutplasma am Ständer. Wer für diesen Fehler verantwortlich ist, das zeigt uns ein Video, das von einer Kamera aufgenommen wurde, die der ermordete Professor installieren ließ, um Lehrvideos aufzunehmen, von dem ich eingangs sprach.

Herr Affolderbach, würden Sie bitte die Szene abspielen.«

Der Jungkommissar nickte und drückte eine Taste auf dem Notebook. Der riesige Flachbildschirm begann zu flackern und wenig später sah man eine Aufnahme, die zeigte, wie Eric Ackermann den Beutel austauschte.

»Das war der Arzt im Praktischen Jahr!« rief der Rektor erleichtert.

»Ja, Eric Ackermann hat den Blutbeutel ausgetauscht. Allerdings glaube ich nicht, dass er wusste, dass der Beutel das falsche Blutplasma enthielt. Was er wenig später mit dem Tod bezahlte.«

»Wie kommen Sie denn darauf?« warf Edgar Arens ein.

»Gedulden Sie sich noch einen Augenblick, Herr Arens, darauf komme ich noch zu sprechen.

Lassen Sie mich erst nochmals auf Professor Ulrich Fleckenstein zurückkommen. Der großartige Chirurg war nicht immer großartig. Er hatte sich seine Karriere erkämpft und wurde ein Mensch, der, sagen wir schwierig war. So schwierig, dass er den Klinikleiter Zachariah Trapp angriff, als der eine sinnvolle Studie veröffentlicht hatte.

Für diejenigen, die diese Studie nicht kennen: Es geht darin um Drogenmissbrauch wegen Überlastung bei Ärzten im Praktischen Jahr.

Warum, so fragte ich mich, reagierte der Mann so aggressiv darauf? Beim Blick in seine Vita, nicht die, die er selbst gerne benutzte, sondern seinem echten Lebenslauf, findet man einen Vorfall, der diese Reaktion erklären könnte. Als angehender Arzt unterlief ihm ein Fehler, der einem Patienten das Leben kostete.

Und dieser Fehler ist das Motiv, weshalb Professor Fleckenstein umgebracht wurde.

Der Patient hieß Bert Hauser. Er war gerade mal 24 Jahre alt und ein brillanter Mikrobiologe, der seine eigene Bio-Tec-Firma gegründet hatte. Bert Hauser hatte einen Stiefbruder und einen Geschäftspartner sowie eine Verlobte. Der Stiefbruder hörte auf den Nachnamen seines Vaters, der nicht Hauser, sondern Arens lautete. Der Geschäftspartner hieß Olenberg und die Verlobte hieß Henkel.«

Im Konferenzraum konnte man die sprichwörtliche Nadel fallen hören.

»Sie drei haben den Mord vor langer Zeit geplant und schließlich ausgeführt«, erklärte Tristan ruhig. »Ihre Lebensläufe haben Sie verraten, denn bis zum Tod von Bert Hauser verliefen sie in andere Richtungen. Erst einige Monate nach dem Unglück schwenkten Sie alle drei in die medizinische Laufbahn ein.

Ich vermute, in Ihrer Trauer und Wut haben Sie einen perfiden Plan geschmiedet und sich entschieden, den Mann zu töten, der den Bruder, den Freund und den Verlobten nach Hause schickte, ohne ihn genauer zu untersuchen. Wo er dann an einem Blinddarmdurchbruch starb.

Sie pirschten sich an Fleckenstein heran und warteten ab, denn Sie waren sich einig, dass der Mord wie ein Unfall aussehen musste. Als der Professor eine neue Hüfte bekommen sollte, erkannten Sie die Gelegenheit und schlugen zu. Adam Olenberg war zur rechten Hand des Professors geworden und kannte den genauen Operationstermin. Danach wurde der Mordplan ausgerichtet. Adina Henkel und Edgar Arens gehörten ebenfalls zum vertrauten Kreis des Professors und damit waren Sie drei am Ziel. Die jahrelange Arbeit, sich dem Professor zu nähern, sein Vertrauen zu gewinnen, hatte sich ausgezahlt.

Wie ich eingangs erwähnte, begann der Mord mit einer Ablenkung, dem gefälschten Sägeblatt. Wie kam es in den OP-Saal? Durch Einkauf billiger Chinaware? Möglich! Doch man fand keine weiteren gefälschten Sägeblätter im Bestand des Krankenhauses. Außerdem ließ sich nicht beweisen, dass das Krankenhaus die Blätter bestellt hatte. Also wurde das Sägeblatt doch von einem OP-Teammitglied eingeschmuggelt?

Es gab keine Antwort darauf, bis ich das Video sah. Herr Affolderbach, würden Sie bitte …«

Der Kommissar startete das Video.

»Sehen Sie in die obere rechte Ecke, dort erkennen Sie, wie Edgar Arens die Knochensäge mit dem gefälschten Sägeblatt bestückt.«

Ein Raunen ging durch den Raum. Affolderbach hielt das Video an.

»Wir haben zudem über die IP-Adresse den Käufer der Chinaware ausfindig machen können. Herr Arens hat das gefälschte Material bestellt.«

»Das beweist nicht, dass wir ebenfalls beteiligt waren«, warf Adina kämpferisch mit Blick zu Olenberg ein.

»Nein«, nickte der Detektiv. »Aber der verheerende Schnitt von Dr. Olenberg in die Aorta bekommt unter diesen Umständen eine ganz neue Bedeutung. Er war außerdem in Fleckensteins Nähe, was ihm ermöglichte, die vergifteten Klümpchen zu platzieren. Und er ist der Mörder von Eric Ackermann.

Ein Dealer, bei dem er das Kokain gekauft hatte, hat ihn wiedererkannt.

Herr Olenberg, hat Eric gedroht, gegen Sie auszusagen? Oder warum musste er sterben?«

Olenberg starrte Tristan an und fauchte: »Ich weiß nicht, von was Sie sprechen!«

»Und was soll ich gemacht haben?« fragte Adina Henkel schnippisch.

»Sie wissen genau, was Sie getan haben«, antwortete Tristan, »wir können uns das im Video ansehen. Sie haben Eric den falschen Blutbeutel hingelegt und ihn aufgefordert, ihn anzuschließen.«

»Dieses verdammte Video«, fauchte sie an Olenberg gewandt, »ich habe gleich gesagt, dass das eine blöde Idee ist.«

Pfeiffer gab ein Zeichen und mehrere Polizisten in Uniform betraten den Raum und nahmen die drei fest.

»Ich hoffe, dass die Beweise wasserdicht sind«, mahnte Staatsanwalt Büdenbender, nachdem die Verdächtigen abgeführt worden waren.

»Den Dealer haben wir vor einer Stunde festgenommen«, erklärte Holzbaum.

»Das ist gut«, nickte Tristan.

»Allerdings sieht man auf dem Video nicht, dass Dr. Henkel irgendwem ein Zeichen gab«, bemerkte der gewichtige Beamte.

»Das war ein Bluff«, gestand der Detektiv. »Ich musste sie aus der Reserve locken.«

»Das hat geklappt«, maulte der Staatsanwalt. »Aber wenn es keine belastenden Aufnahmen gibt, wie überführe ich sie dann?«

»Keine Sorge, wenn Sie die Spurensicherung in Adina Henkels Wohnung schicken, werden die ganz sicher feststellen, dass die Klümpchen dort nachgemacht wurden.« Tristan nahm die Halbbrille von der Nase. »Es ist zwar ein Klischee, aber ich kann mir nicht vorstellen, dass ein Olenberg oder ein Arens in der Küche Karamell herstellen und den zäh fließenden Zucker in Förmchen gießen.«

»Ich werde das sofort veranlassen«, sagte Büdenbender und zog sein Handy aus der Innentasche seines farbenfrohen Jacketts.

»Wenn Sie Ihre Leute losschicken, lassen Sie die auch Edgars Wohnung durchsuchen. Irgendwo müssen noch knapp zweihundert Sägeblätter versteckt sein«, erinnerte Tristan.

Büdenbender nickte und ging telefonieren.

»Was machen wir mit den Akademikern da?« fragte Pfeiffer, der auf Rektor Landau und Kanzler Haberland zeigte.

»Die Vorwürfe werden wir nochmals genau überprüfen«, murmelte der Staatsanwalt und wandte sich ab.

»Die werden mit einem blauen Auge davonkommen«, zischte der Hauptkommissar. »Büdenbender will seinen Jurastudiengang in Siegen.«

»Sie haben kein Geld für sich veruntreut«, merkte der Detektiv an. »Das wird für sie sprechen.«

7. Das Feuer loderte …

Samstagabend

Das Feuer loderte im Kamin. Seine Wärme heizte das Wohnzimmer angenehm auf. Tristan und Helga saßen in den Lesesesseln, hatten ein Glas Wein in der Hand und betrachteten die Flammen. Helgas Wandergäste waren weitergezogen und so hatte sie die Pension geschlossen, zwei gute Flaschen Wein eingepackt und war spätnachmittags vom Giller nach Siegen gekommen, um das Wochenende mit ihrem Freund zu verbringen.

Tristan hatte ihr alles berichtet und nun wollten sie den Tag friedlich ausklingen lassen.

»Also hatte ich Recht«, sagte Helga zufrieden und hob ihr Glas.

»Womit hattest du Recht?« fragte Tristan.

»Na, damit, dass Hass im Spiel war«, erklärte sie.

»Ja, deine Vermutung war richtig«, nickte der Detektiv und hob ebenfalls sein Glas.

»Was ich noch nicht verstanden habe, wie konnten die so lange warten? Ich meine, das hat doch Jahre gedauert!« Helga schüttelte den Kopf.

»Sie mussten geduldig bleiben, wenn sie mit dem Mord durchkommen wollten«, antwortete Tristan. »Niemand stellt Fragen, wenn jemand bei oder unmittelbar nach einer OP stirbt.«

»Na, das ging ja wohl schief«, zischte Helga.

»Es hätte funktionieren können, wäre nicht Eric Ackermann gewesen«, antwortete Tristan. »Wie mir Pfeiffer mitgeteilt hat, gibt es Geständnisse. Danach muss Eric bemerkt haben, dass das richtige Sägeblatt unbenutzt im OP-Saal lag. Zusammen mit dem groben Fehler bei dem Aortaschnitt reimte er sich eins und eins zusammen. Er wollte daraus einen Vorteil ziehen und erpresste den Verantwortlichen. Darum musste er sterben.«

»Dann war es nicht der falsche Blutbeutel, der den angehenden Arzt alarmierte?«

»Nein, das war eine improvisierte Ablenkung, die gar nicht geplant gewesen war«, erklärte der Detektiv. »Es war nie beabsichtigt gewesen, jemanden als Sündenbock hinzustellen. Das hätte nämlich eine Untersuchung bedeutet, die zu vermeiden das Ziel war. Nun, das ging mächtig daneben. Allerdings haben sie es auch ein wenig übertrieben. Ohne dieses falsche Sägeblatt, wer weiß, ob ich dann auf die Lösung gekommen wäre.« Tristan räusperte sich und ergänzte: »Den Tipp von meiner Schwester darf ich natürlich nicht unterschlagen. Ohne ihren Hinweis, die klassischen Agatha-Christi-Krimis zu bedenken, wäre der Groschen wohl nicht so schnell gefallen.«

Helgas Handy gab einen Glockenton von sich.

»Oh, wer schreibt dir denn an einem Samstagabend?« fragte Tristan neugierig.

»Das ist Sara. Sie kommt heute Abend nach Siegen und fragt, ob sie hier übernachten darf«, antwortete Helga.

»Auf der Couch?« Tristan blickte seine Freundin ungläubig an.

»Sie ist jung, das passt schon«, antwortete Helga. »Kann ich ihr zusagen?«

»Meinetwegen«, nickte Tristan. »Es wird aber doch keinen Mädelsabend mit Lagerfeuer im Kamin geben?«

»Nein, natürlich nicht.« Helga schüttelte den Kopf.

Keine zwei Stunden später glich Tristans Wohnzimmer dem Inneren einer mongolischen Jurte. Überall lagen Kissen und Teppiche auf dem Boden. Sie waren im Halbkreis um den Kamin drapiert. Der Detektiv wusste gar nicht, dass er so viele ungenutzte Läufer und Kissen besaß. Die schweren Lesesessel dienten als Ständer für einen Baldachin, den Helga aus bunten Tüchern gebaut hatte. Sofa und Sofatisch waren zur Seite geschoben worden, um mehr Platz auf dem Boden zu erhalten. Der war nötig, da Sara verschwiegen hatte, dass sie mit vielen Freundinnen ihren Onkel zu besuchen beabsichtigte.

Auslöser dieses Überraschungsbesuches war der sensationelle Erfolg ihrer Selfies mit Marlowe. Alle ihre Freundinnen, und davon bekam sie mit jeder Stunde mehr, wollten den süßen weißen Kakadu kennenlernen. Zuerst hatte Sara nur Melly versprochen, sie mit zu Tristan zu nehmen.

Doch dann kamen Anna und Ruby hinzu. So ging es immer weiter, bis schließlich zwölf Teenager das Wohnzimmer stürmten.

Helga nahm es gelassen. Sie hatte die Idee, das viktorianische Studierzimmer in das Innere einer Jurte zu verwandeln. Ihre Idee war es auch, das Kaminfeuer als Grill für Stockbrot zu benutzen. So fand sich der Detektiv inmitten einer Horde pubertierender Mädchen wieder, die pausenlos durcheinandersprachen.

Marlowe genoss unterdessen die Aufmerksamkeit, die ihm geschenkt wurde. Sara trug den Kakadu auf ihrer Schulter und man sah ihr an, dass sie das Tier wie eine Auszeichnung zur Schau stellte.

»Wenn Marlowe das zu viel wird, bricht hier ein Chaos aus«, raunte Tristan seiner Freundin zu, als sie eine weitere Ladung Stockbrotteig vorbereitete.

»Genieß es, Tristan«, antwortete Helga mit einem Lächeln. »In ein paar Jahren ist sie aus dem Alter raus, dann macht sie ihre eigene Party. Lass uns diesen Abend zu einem Ereignis machen, das sie nie vergessen wird.«

»Solange das Haus dabei nicht abfackelt, meinetwegen«, brummte der Detektiv und nahm den Stockbrotteig entgegen.

Ein Dankeschön …

… an alle, die mir bei diesem Buch geholfen haben. Im Besonderen möchte ich mich bei meinem Vetter Axel Strackbein-Fiedler und Sabine Kitzinger bedanken. Beide sind vom Fach und gaben mir Einblicke in medizinische Abläufe. An eventuellen Unstimmigkeiten im Text sind sie jedoch nicht beteiligt, die muss ich mir ans Revers stecken.

Darüber hinaus haben sich Marlis Klein und Rebecca El Djabri um das Manuskript gekümmert. Anja Georg und Ralph Rottler sorgten als konstruktive Kritiker für den nötigen Feinschliff der Geschichte.

Hinter den Kulissen waren wieder fleißige Menschen am Werk, um aus dem Manuskript ein Buch zu machen. Auch ihnen gilt mein besonderer Dank.

In der Tristan-Irle-Reihe bereits erschienen:

Tristan Irle und der Rubensmord (1991)

Eigentlich sollen die Feierlichkeiten zum 350. Todestag von Peter Paul Rubens friedlich und ohne größeres Aufsehen in der Stadt Siegen gefeiert werden. Doch das ändert sich schlagartig, als man eine Leiche im Vorhof des Oberen Schlosses findet. Privatdetektiv Irle übernimmt den Fall und muss bald feststellen, dass mehr hinter dem Fall zu stecken scheint, als es vordergründig aussieht.

Tristan Irle – Eine Leiche auf der HTS (1992)

Friedlich bereiten sich die Bewohner des Siegerlandes auf das Weihnachtsfest vor. Doch plötzlich wird die festliche Ruhe gestört, als man eine Leiche im Schnee begraben findet. Tristan Irle übernimmt die Aufklärung des mysteriösen Mordes. Dabei verfängt er sich in einem Netz von Intrigen, Bestechungen und Lügen.

Tristan Irle – Mord Pur (1993)

KulturPur – seit Jahren ein Begriff für ein Fest der besonderen Art. Tristan Irle gönnt sich ein paar Tage Urlaub auf dem Giller und trifft dort Pensionsbesitzerin Helga Bottenberg. – Eine Frau, in die er sich verlieben könnte? Beschaulichkeit bestimmt den Tag, bis ein hinterhältiger Anschlag die Idylle zerstört.

Tristan Irle – Die Abseitsfalle (1994)

Die Damenmannschaft des SC Siegen hat es wieder geschafft. Sie steht im Endspiel um die deutsche Meisterschaft. Doch dann verunglückt auf mysteriöse Weise ein Mitglied des Vereins. War es Mord? Diese Frage soll Tristan Irle klären. Voller Tatendrang stürzt er sich ins Spiel. Doch das Spiel ist nicht fair, und er durchschaut die heimtückische Abseitsfalle.

Tristan Irle – Das sexte Gebot (1995)

Seit Tagen ziehen Regenschauer über das Siegerland. In dicke Regenjacken gehüllt, gehen die Menschen ihren Geschäften nach. Plötzlich erschüttert des Nachts eine fürchterliche Autoexplosion die Stadt. Es gibt einen Toten. Zur gleichen Zeit findet Tristan Irle ein Findelkind in der Marienkirche. Die Polizei steht vor einem Rätsel. Haben beide Ereignisse etwas miteinander zu tun?

Tristan Irle und das Rathauskomplott (1996)

Weihnachtsmarkt in Siegen. Es ist der Beginn der Adventszeit. Plötzlich erschüttert ein fürchterlicher Fund auf dem Weihnachtsmarkt die Gemüter. Schockiert schalten sich Staatsanwaltschaft und Polizei ein. Ihnen eine Nasenlänge voraus ist eine junge Journalistin. Sie vermutet Verbindungen zum Rathaus und bittet Detektiv Tristan Irle um Hilfe. Machenschaften allerorts und der kommunale Filz drohen schließlich die Ermittlungen fast zu ersticken.

Tristan Irle – Der Braumeister (1997)

Der junge Braumeister Roland Eichbaum hat die Idee seines Lebens. Er möchte Bier in Asien brauen. Die Verhandlungen sind in vollem Gange, als plötzlich ein Mord die Bierbrauer der Region erschüttert. Bis Tristan Irle durch die trübe Suppe von Verdächtigungen eine klare Spur findet, muss er so manches Glas Bier leeren, und nicht selten beginnt die Recherche mit einem lauten: Prost! Und da ist dann auch noch ein geheimnisvoller Chiffrierschlüssel, der Tristans Ermittlungen behindert.

Tristan Irle – Gegen den Strich (1998)

Die kleine Großstadt Siegen steht im Fokus der Weltöffentlichkeit. Im Medien- und Kulturzentrum laufen die letzten Vorbereitungen auf Hochtouren für eine ganz besondere Ausstellung, als ein Siegener Künstler zu Tode kommt. Tristan Irle beginnt seine Ermittlungen, was Künstlern und anderen Kreativen gegen den Strich geht. Dann muss Irle feststellen, dass die Kunstszene genauso schillernd ist wie eine Malpalette.

Tristan Irle – Tödliche Doktorspiele (1999)

Im Arzt-Gelöbnis steht: »Ich werde meinen Beruf mit Gewissenhaftigkeit und Würde ausüben. Die Erhaltung und Wiederherstellung der Gesundheit meiner Patienten soll oberstes Gebot meines Handelns sein.« Diesen Satz haben auch die Ärzte in einem Krankenhaus in Siegen gelobt. Doch eines Morgens findet man eine tote Patientin. Und wie sich herausstellt, wurde sie falsch behandelt. Chefarzt Dr. med. Killian steht plötzlich unter Mordverdacht, doch er behauptet, unschuldig zu sein. Privatdetektiv Tristan Irle wird eingeschaltet, um den mysteriösen Todesfall zu untersuchen. Ihm gegenüber eine Schar weißer Kittel, die alle etwas zu verbergen scheinen.

Tristan Irle – Siegener Maskerade (2000)

Schriftsteller Raffael Leich trifft sich im Geheimen mit dem persönlichen Referenten des Bürgermeisters. Ein mysteriöses Bild wechselt den Besitzer, dann fallen plötzlich Schüsse. Raffael kann fliehen. Tags darauf wird Privatdetektiv Tristan Irle eingeschaltet, um zu ermitteln. Zur gleichen Zeit bereitet der Anwalt Hallenberger eine Millionen-Spende für die Stadt Siegen vor, um mit dem Geld das Projekt Apollo-Theater zu finanzieren. Steht der Mord etwa mit dem Theaterprojekt in Verbindung? Welche Rolle spielen Schriftsteller Raffael Leich und der Bürgermeister? Und da ist da noch das geheimnisvolle Bild. Im Buch enthalten: ein ausklappbarer Abzug des mysteriösen Bildes.

Tristan Irle – Eisenhart (2001)

Die Stadtkasse – so ausgetrocknet wie ein afrikanisches Wadi – treibt Stadtkämmerer Goldmann den Schweiß auf die Stirn. Sein Chef, der Bürgermeister, eröffnet unterdessen ein neues Museum und weiß selbst nicht so recht, wie er die anstehenden finanziellen Probleme lösen soll. Tristan Irle, Privatdetektiv, ist an diesem Tag einer Einladung auf das Segelfluggelände nahe der Stadt gefolgt. Dort muss er einen schrecklichen Unfall mit ansehen. Der Detektiv beginnt zu ermitteln und dabei entpuppt sich die scheinbar eingeschworene Fliegergemeinschaft als lebensgefährliche Bedrohung für Tristan und seine Freunde.

Tristan Irle – Die Fürstenjagd (2002)

Es ist Jagdsaison im Wald des Fürsten zu Widerstein. Allerlei Prominenz aus dem Ausland trifft sich nahe Bad Berleburg in einem Forsthaus, um zusammen mit Fürst Siegfried dem Wild auf die Pelle zu rücken. Vom Jagdfieber gepackt, verteilen sich die Herrschaften im Wald. Schüsse fallen und plötzlich ertönen Jagdhörner. Wenig später wird die Jagd abgebrochen, denn im Wald liegt ein Toter. Tristan Irle, Privatdetektiv, als Treiber bei der Jagd dabei, übernimmt die Ermittlungen. Die stellen sich als äußerst schwierig heraus. Die Jagdgäste aus höchsten adeligen Kreisen schweigen, bis die Beweislast immer erdrückender wird.

Tristan Irle – Lokalzeit (2003)

Die Journalisten des regionalen Fernsehsenders sind ein eingespieltes Team. Erhöhter Stress gehört bei ihrem Job zum Alltag,

und da bringt es den verantwortlichen Fernsehredakteur nicht sonderlich aus der Ruhe, als ein Übertragungswagen für die aktuelle Stunde liegen bleibt. Doch als vor laufender Kamera jemand stirbt, da liegen plötzlich bei allen Beteiligten die Nerven blank. Noch ahnt keiner, dass dies der Auftakt zu einer unheimlichen Mordserie ist.
Tristan Irle, Privatdetektiv, übernimmt die Ermittlungen. Und die führen ihn überraschend zu einem großen schwedischen Möbelhaus, dessen Ansiedlung zum Interessenkonflikt mächtiger Parteien geführt hat. Schließlich drängt sich dem Detektiv die Frage auf: Hat das Rathaus etwas mit dem Mord zu schaffen?

Tristan Irle – Baum fällt! (2004)

Die heimische Politprominenz ist hocherfreut. Der brasilianische Botschafter besucht anlässlich einer Fürst-Johann-Moritz-Ausstellung die Region. Eine gute Gelegenheit die Gäste aus Übersee in den Wald einzuladen, um uralte Haubergstradition zu vermitteln. Der Botschafter ist begeistert. Weniger enthusiastisch zeigen sich die Kuratoriumsmitglieder der Ausstellung sowie die verantwortlichen Historiker, allen voran die Rektorin der Universität. Und dann endet der Ausflug für einen Gast auf mysteriöse Weise tödlich.
Tristan Irle, Privatdetektiv, beginnt zu ermitteln. Bald stellt er fest, dass die feine Gesellschaft der Ausstellungsmacher ihre eigenen dubiosen Ziele verfolgt. Und schließlich gerät der Privatdetektiv ins Schussfeld, denn im Hintergrund agiert noch der Geheimdienst ...

Tristan Irle – Die zitternden Tenöre (2005)

Der Männergesangverein *„Pro Patria“* steht vor einer großen Herausforderung. Zusammen mit dem engagierten Chorleiter Gottfried Kunze möchten die Mitglieder nach 100-jährigem Bestehen endlich den Status „Meisterchor“ erlangen. Sie proben, bis ihre Stimmbänder zittern, doch dann geschieht während der Probenpause ein Mord. Chorleiter und Erster Vorsitzender sind sich einig, dass dieses hinterhältige Attentat nur einer aufklären kann. Sie engagieren den Privatdetektiv Tristan Irle.
Die Tenöre verfolgen misstrauisch Tristans Ermittlungen. Je mehr der Detektiv in ein klebriges Geflecht aus Intrigen dringt, desto gefährlicher wird es für ihn. Und dann stellt sich plötzlich heraus, dass das Opfer einen berühmten Verwandten hat.

Tristan Irle – Der Killersteig (2006)

An einem herrlichen Spätsommertag trifft sich eine Gruppe Polizisten, um zusammen mit Staatsanwalt und Landrat über einen Teil des berühmten „Rothaarsteigs" zu wandern. Mit Rucksack und Wanderschuhen ausgerüstet beginnt die Wanderung im Süden des Kreisgebietes Siegen-Wittgenstein. Doch schon bei der ersten Übernachtung kommt es zu einem tragischen Zwischenfall.

Tristan Irle, Privatdetektiv, erhält kurz darauf einen geheimnisvollen Anruf, der ihn dazu bewegt, sich der Gruppe am nächsten Tag anzuschließen. Schon bald muss er feststellen, dass nicht alle in der Gruppe so freundlich sind, wie sie vordergründig vorgeben. Als es erneut zu einem Zwischenfall kommt, ahnt der Detektiv, dass ein Mörder unter ihnen weilt.

Tristan Irle – Locht ein! (2007)

Große Aufregung unter den Golfern im Kreisgebiet. Am Vorabend der Clubmeisterschaft findet man einen Toten auf dem Golfplatz und das mitten im Wasserhindernis. Keiner kann sich so richtig erklären, wie dieser scheinbare Unfall vonstatten ging, und zum Erstaunen von Privatdetektiv Tristan Irle hält sich die Trauer um das verstorbene Clubmitglied in Grenzen.

Als der Detektiv die Ermittlungen übernimmt, kommen Hinweise zutage, die auf Mord deuten. Tristan Irle beginnt Fragen zu stellen, die erheblich mehr Aufregung erzeugen als der Start der Clubmeisterschaft. Besonders der Clubpräsident und der Spielführer fühlen sich belästigt, dann findet Irle die Tatwaffe …

Tristan Irle hat Lampenfieber (2008)

Intendant Wolferl Wanderschmied hat sich für den Saisonbeginn etwas Großes ausgedacht. Eine prächtig inszenierte, romantische Komödie mit jungen Schauspieltalenten und alten Hasen soll das Publikum zum Lachen verführen. Dummerweise überlebt einer der jungen Schauspieler die Generalprobe nicht, was eine Kette von Ereignissen auslöst, die sich Intendant Wolferl so nicht für seine Inszenierung vorgestellt hat. Zum Glück gehört Privatdetektiv Tristan Irle zur Schauspieltruppe. Er übernimmt die Ermittlungen. Jetzt zeigt Tristan sein wahres Talent und stöbert Intrigen auf, was ihn ins Rampenlicht führt. Doch auf den Brettern, die die Welt bedeuten, ist manches nicht so, wie es scheint, und Tristan weiß, der Mörder beobachtet die Szene ganz genau.

Tristan Irle und der Grabräuber (2009)

Ein mitternächtlicher Anruf lockt Tristan Irle, Privatdetektiv, auf den städtischen Friedhof. Etwas Ungeheuerliches ist dort geschehen – Grabschändung und Mord. Das Opfer, der Grabschänder selbst. Eine verwirrende Situation, die nicht klarer wird, als sich herausstellt, dass im geschändeten Grab ein Freimaurer liegt.
Dann klopft Lena Lamberti, eine junge Historikerin, an Tristans Haustür und behauptet Unglaubliches. Sie hat Hinweise gefunden, die zu einem geheimnisvollen Artefakt führen, das im Kreisgebiet versteckt sein soll. Zusammen gehen sie einer Spur nach, die weit in die Zeit zurückreicht, immer auf der Hut vor einem Mörder, der ihnen im Nacken sitzt.

Tristan Irle – Wo ist Marlowe? (2010)

Der NRW-Tag steht in Siegen kurz bevor. In der ganzen Stadt ist man damit beschäftigt, die nötigen Stände und Buden aufzubauen, da findet man im Oberen Schloss eine Leiche. Wenig später wird Privatdetektiv Tristan Irle zum Tatort gerufen und ein Unbekannter, der sich van Veen nennt, droht mit einem Bombenanschlag.
Das Innenministerium sowie die örtliche Polizei ist auf das Äußerste alarmiert, doch das Fest absagen will keiner.
Tristan Irle begibt sich zusammen mit ein paar Freunden auf die Suche nach dem Täter. Die Offiziellen sehen jedoch al-Qaida am Werk und ziehen ihre Kräfte zusammen. Zu allem Überfluss ist Marlowe, Tristans Kakadu, verschwunden.

Tristan Irle – Der Bienenstich (2011)

Die Eisenstraße, eine tausend Jahre alte Straße im Kreisgebiet, ist in einem desaströsen Zustand. Die Bürger des kleinen Ortes Lützel wollen die kilometerlangen Risse in der Asphaltdecke und die tiefen Schlaglöcher nicht mehr hinnehmen. Sie beschließen, etwas zu unternehmen, allen voran Paul Nöll, Ortsvorsteher und leidenschaftlicher Imker.
Zur selben Zeit genießt Privatdetektiv Tristan Irle ein paar ruhige Tage in der Pension seiner Freundin unweit des Dorfes auf dem Giller. Doch mit der Ruhe ist es schlagartig vorbei, als ein mysteriöser Todesfall die kleine Dorfgemeinde erschüttert. Politiker und Dorfbewohner sehen die publicityträchtige Aktion plötzlich gefährdet. Keine guten Voraussetzungen für die anlaufende Ermittlung, die sich wie Honig dahinzieht. Und da gibt es noch Bienen, die stechen.

Tristan Irle serviert kalte Platte (2012)

Der Abriss der sogenannten Siegplatte steht kurz bevor. Siegens Bürgermeister und andere Honoratioren versammeln sich auf der Platte, um den Abriss feierlich freizugeben. Ein mächtiger Hydraulikmeißel beginnt seine Arbeit, doch kaum hat der Meißel die ersten Betonstücke abgeschlagen, da stockt plötzlich die Arbeit.
Zwischen einem Querträger der Betondecke entdecken Arbeiter eine Leiche. Wie kam sie in vier Meter Höhe? Wie starb sie? Wurde sie ermordet?
Fragen, die Privatdetektiv Tristan Irle mit Hilfe einer forensischen Pathologin beantworten soll. Bei seinen Ermittlungen findet der Detektiv Hinweise, die ihn zu einem Geldverleiher und Geschäftsleuten führen. Das macht die Verdächtigen nervös und einer schreckt vor weiteren Gewalttaten nicht zurück.

Tristan Irle – Die letzte Filmklappe (2013)

Ein Fernsehkrimi wird in Siegen gedreht. Das mehrköpfige Filmteam hat vor den Burgmauern des Oberen Schlosses sein Lager aufgeschlagen. Zwei der beliebtesten TV-Kommissare des Landes ermitteln im Innenhof des Schlosses, als es am Set einen fürchterlichen Unfall gibt.
Zur selben Zeit findet Privatdetektiv Tristan Irle eine mysteriöse Botschaft auf seiner Türschwelle in Siegens Altstadt. Stehen Unfall und Botschaft in einem Zusammenhang?
Der Detektiv beginnt zu ermitteln, während ein arktischer Schneesturm die Rubensstadt fest im Griff hat. Schon bald stellt Tristan Irle fest, dass er es mit einem Serienkiller zu tun hat, der vor nichts zurückschreckt.

Tristan Irle trifft den Wisent (2014)

Tristan Irle besucht mit seiner Nichte Sara das Wisentgehege nahe Wingeshausen. Sara arbeitet an einem Schulprojekt, das sich mit den riesigen Landtieren befasst. Sie stürzt sich mit der Energie einer überzeugten Teenagerin begeistert auf alles, was mit den Wisenten zu tun hat.
Im Gehege angekommen, müssen die beiden erleben, wie einer der Ranger tot aufgefunden wird. Zum Entsetzen aller wird die Leitkuh *Gutelaune** verdächtigt, den Ranger aufgespießt zu haben.
Eine Katastrophe nicht nur für Sara, nein, auch für den Zweiten Vorsitzenden des Trägervereins Otto Otterbach. Der Ex-

Landrat kämpft noch mit den Auswirkungen seines Amtsverlustes, da droht plötzlich eines der renommiertesten Naturschutzprojekte zu scheitern.
Nur wenn geklärt werden kann, dass *Gutelaune* nichts mit dem Tod des Rangers zu tun hat, kann die Reputation des Projektes wiederhergestellt werden.
Und es gibt nur einen, der sich gegen zornige Waldbauern, schießwütige Jäger, konkurrierende Ranger und gegen die Wildnis im Rothaargebirge behaupten kann: Detektiv Tristan Irle.
* *Gutelaune* (w), geboren: 8. 4. 2000, Herkunft:
Sielmanns Naturlandschaften Döberitzer Heide.

Tristan Irle – Sturmwind (2015)

Die Energiewende zeigt ihr Gesicht am Horizont des Rothaargebirges. Windmühlen, so hoch wie der Kölner Dom, ragen über die Baumwipfel. Nicht jedem gefällt das. Umweltaktivisten und Windkraftbefürworter tragen einen hitzigen Kampf aus. Dann, eines Morgens, findet man eine Leiche, aufgehängt am Mikado-Brunnen vor dem Rathaus in Siegen. War das eine Botschaft?
Unter den Augen des neuen Landrats bildet die Polizei eine Mordkommission. Privatdetektiv Tristan Irle beginnt ebenfalls zu ermitteln. Die Spuren führen zu Windmühlen und Naturschützern, und jeder scheint etwas verbergen zu wollen. Als es zu weiteren tödlichen Zwischenfällen kommt, stellt sich die Frage: Kann man den aufziehenden Sturm noch verhindern?

Tristan Irle – Der Missionsbefehl (2016)

Die „Riewekooche Gäng" hat einen Missionsbefehl: Aufstieg in die 1. Paintball-Bundesliga. Dafür sind die Studenten der Universität Siegen zu allem bereit. Der persönliche Assistent des Landrates hat ebenfalls eine Mission: Möglichst billig ein neues Flüchtlingsheim bauen zu lassen. Dazu muss er zwei konkurrierende Fertighaushersteller in ein Boot bringen. Doch beide Missionen drohen zu scheitern, als der Captain der „Riewekooche Gäng" ermordet wird, der unglücklicherweise der Sohn einer der Fertighaushersteller ist.
Privatdetektiv Tristan Irle beginnt zu ermitteln. Er stellt schmerzlich fest, dass Neid und Konkurrenzkampf zerstörerische Züge annehmen können, ausgerechnet dann, wenn Gutes getan werden soll.

Tristan Irle – Der Luther-Anschlag (2017)

Das ganze Land feiert den 500. Jahrestag der Reformation. Im Kreis Siegen-Wittgenstein gedenkt man dieses Ereignisses, indem sich katholische und evangelische Kirchenvertreter zu einem Gedankenaustausch in einem abgelegenen Freizeitlager treffen. Die ehrwürdigen Gottesmänner und -frauen sind jedoch wenig erfreut über den Ausflugsort. Das Freizeitlager liegt hinter Bad Berleburg im „Niemandsland". Eigentlich eine gute Voraussetzung, um kontemplativ den Glaubensgrundsätzen beider Konfessionen auf den Grund zu gehen. Wenn da nicht ein Presbyter mit extremen Vorstellungen wäre.

Dann geschieht das Unvorstellbare: ein Mord. Das Opfer: ein Protestant. Schnell ist ein Verdächtiger gefunden: ein Katholik. Und als wäre das nicht genug, findet man einen Haufen Flugblätter mit Luthers 62. These, die da lautet: *Der wahre Schatz der Kirche ist das heilige Evangelium der Herrlichkeit und Gnade Gottes.*

Die Polizei steht vor einem Mysterium. Der herbeieilende Anwalt aus dem Erzbistum hofft auf Gottes Hilfe, um entlastende Beweise für seinen Glaubensbruder zu finden. Dann beginnt Privatdetektiv Tristan Irle mit seinen Ermittlungen. Er muss bald feststellen, dass auch heute noch theologische Dispute zu tödlichen Fallen werden können.

Nicht jeder der genannten Titel ist immer lieferbar. Vergriffene Titel werden in einem bestimmten Rhythmus wieder aufgelegt. Fragen Sie bitte im Einzelfall bei Ihrem Buchhändler nach, welche Titel lieferbar sind.

Als Hörbücher in der Tristan-Irle-Reihe erschienen:

Tristan Irle serviert kalte Platte (2012)
Autor Ralf Strackbein liest – 350 min. Laufzeit
Vollständige Ausgabe · ISBN: 978-3-935378-34-5

Tristan Irle – Die letzte Filmklappe (2013)
Radio Siegen liest – 350 min. Laufzeit
Vollständige Ausgabe · ISBN: 978-3-935378-36-9

In der Raphael-Olofsson-Reihe bereits erschienen:

Der Billy-Code – Mord im schwedischen Möbelhaus (2008)
ISBN: 978-3-935378-19-2

Wolkenmord – 12.000 Meter über Afrika (2012)
ISBN: 978-3-935378-32-1

Das Aschebuch (2014)
ISBN: 978-3-935378-37-6

Die ägyptische Totenbarke (2017)
ISBN: 978-3-935378-41-3